El laberinto
de los acertijos

El laberinto
de los acertijos

Stefan Wilfert & Chris Mewes

Traducción de Lucía Borrero
Ilustraciones de Rafael Yockteng

www.edicionesnorma.com
Bogotá, Buenos Aires, Ciudad de México,
Guatemala, Lima, San José, San Juan, Santiago de Chile

Título original en alemán:
Das Rätsel-Labyrinth
Copyright © Ravensburger Buchverlag Otto Maier GmbH,
Ravensburg (Alemania), 2003
Publicado en español de acuerdo con Ravensburger Buchverlag
Otto Maier GmbH.
Copyright © Educactiva, S. A. S, 2004,
 Avenida El Dorado # 90-10, Bogotá, Colombia

Impreso por Buena Semilla
Impreso en Colombia- Printed in Colombia

Traducción: Lucía Borrero
Ilustraciones: Rafael Yockteng
Edición: Cristina Puerta
Diagramación y armada: Andrea Rincón G.

61076022
ISBN 958-04-8172-5

Contenido

*Dedicado a los profesores
Pedro Amara y Carlo Carabosso*

Hola:

Primero que todo, queremos presentarnos: somos Chris y Stefan.

En sus manos tienen un libro de acertijos que escribimos para ustedes. No es un libro común y corriente, sino, ante todo, una invitación. Queremos invitarlos a un viaje de aventura con la familia Gutiérrez.

Los Gutiérrez (ya los van a conocer) van a parar, más o menos en contra de su voluntad, a un laberinto subterráneo. Ustedes los van a acompañar.

Y naturalmente nosotros esperamos que ustedes y los Gutiérrez, después de resolver muchos enigmas, consigan salir otra vez a la superficie sanos y salvos.

Antes de empezar, queremos darles un par de consejos para el camino: lo mejor es que tengan a la mano papel y lápiz. Así hace siempre Pedro Gutiérrez y eso le ayuda mucho. Pueden anotar en qué cámara del laberinto han estado. Y pueden hacer pequeños bocetos de la distribución de cada recinto. Tal vez así consigan identificar la forma del laberinto, la cual, obviamente, es un secreto.

Ah, y no olviden anotar qué respuesta corresponde a cada cámara. Eso es importante para encontrar la salida al final.

Algunos acertijos son muy fáciles de resolver, pero en otros hay que esforzarse un poquito. No tiene nada de malo que les pregunten a sus amigos y a sus papás; nosotros tampoco nos supimos todas las respuestas de inmediato. Tengan en cuenta que para algunos acertijos puede ser útil consultar una enciclopedia.

Y ahora les vamos a hablar un poco acerca de los distintos tipos de acertijos que Guasón Rodríguez (también a él lo van a conocer muy pronto) preparó. A veces hay una palabra escondida en otra palabra. Otras veces se trata de secuencias de letras. Unos acertijos se pueden resolver con un poco de matemáticas, otros con geografía o con cultura general. Pero no hay razón para asustarse: esto no se parece al colegio.

Algunas veces tendrán que pensar más. Así que cuidado. Si por nada del mundo logran resolver un acertijo, tomen nota y sigan adelante. Tal vez más tarde se les ocurra la solución.

Los que estén dudosos pero no quieran mirar todavía las respuestas, encontrarán al final del libro, a partir de la página 143, pistas para resolver cada acertijo. En el verdadero final del libro están, lógicamente, las respuestas. Bueno, suficiente introducción. Vamos entonces al valle del río Pesquisa para la concesión de un premio. ¡Que se diviertan mucho!

Stefan y Chris

El laberinto de los acertijos

—...Por eso le concedemos este año el primer premio de la Asociación de Inventores de Acertijos, ¡el Signo de Interrogación de Oro!

El profesor Pedro Gutiérrez se levanta de su silla en la primera fila. Hay cinco escalones hasta el escenario. Cinco escalones que él sube para recibir su premio, bajo el atronador aplauso del público. Adivina a sus espaldas los rostros radiantes de su familia. En el quinto escalón, espera también que todo termine rápidamente; en realidad, la aparición en público y las obligatorias palabras de agradecimiento después de la concesión del premio no le gustan.

El profesor Gutiérrez se siente a gusto con su trabajo como inventor de acertijos y en su círculo familiar: con Cristina, su emprendedora esposa; con Patricia, su hija de 15 años, un poco renegona, a quien todos llaman Pati; y con Carlos, su hijo de 12 años, que a veces se pasa de listo.

Como siempre en los discursos de agradecimiento, Pedro Gutiérrez encuentra las palabras apropiadas y todos los participantes lo aplauden con entusiasmo.

Esta es la sexta vez que tiene lugar el concurso en el pequeño y romántico valle del río Pesquisa. Y esto tiene una explicación muy especial: un puente de unos cien años de antigüedad atraviesa el río exactamente de occidente a oriente, y, sobre el puente, hay un despacho de aduanas igualmente antiguo. Acerca de este sitio se tejen relatos que datan de cientos de años, sobre bandas de ladrones y contrabandistas, y sobre un tesoro escondido. También sobre un misterioso acertijo que está grabado en una de las paredes de la construcción y que, hasta la fecha, nadie ha podido resolver. Por esta razón, después de la concesión del premio, se ofrece la tradicional copa de champaña ante el despacho de aduanas, en la orilla occidental del río Pesquisa, con la esperanza de que esta vez alguno de los miembros de la Asociación de Inventores de Acertijos logre resolver el acertijo.

Bajo los rayos radiantes del Sol, todos sostienen sus copas, se regocijan por el concurso y disfrutan de la maravillosa vista del rocoso margen alto del río. De vez en cuando alguno de los inventores de acertijos mira el extraño dibujo que está sobre el portal de la casa que opera como despacho de aduanas; pero, por lo general, hace un rápido gesto negativo con la cabeza y se vuelve de nuevo hacia sus colegas.

El profesor Gutiérrez está de pie, de espaldas al despacho de aduanas, conversando con un pequeño grupo de colegas sobre su actividad favorita: la invención de acertijos. Y entonces siente la imperiosa necesidad de compartir con ellos su más reciente creación:

¿Cuál es la planta aromática favorita del tenista Goran Ivanisevic?

Desconcierto inicial en los rostros de todos, ligera aproximación a la solución del acertijo después y, finalmente, una sonrisa de satisfacción.

Carlos, entre tanto, ha ido en recorrido de reconocimiento y está curioseando el interior de la vieja casa. Sale de repente, se acerca a su padre y le da un ligero codazo en el costado:

—Ven, papá —le dice, y lo conduce al interior de la casa. Se detiene frente a una pared y le muestra—: Este es el mismo dibujo que está allá afuera, pero aquí la pintura está fresca.

El profesor González se pone colorado.

—Rápido, ve a llamar a tu mamá y a Pati, pero asegúrate de que nadie los siga —dice.

Carlos sale corriendo y les hace señas a su mamá y su hermana para que lo sigan tan discretamente como les sea posible. Pati reniega un poco, pero de todos modos le hace caso.

Cuando los tres llegan a la habitación con el enigmático dibujo en la pared, parece que al profesor Gutiérrez se lo hubiera tragado la tierra. Carlos está muy exaltado:

—¡Antes esto era distinto!

—¿Qué está pasando? —comienza a refunfuñar Pati, tocando al mismo tiempo con el dedo índice el centro del enigmático dibujo.

Cristina alcanza a gritarle "¡Para!", pero ya es demasiado tarde. Casi sin hacer ruido, la pared frente a ellos da el bote. El piso se levanta y los tres se van de narices. A Carlos lo maravilla que el piso y la pared sigan estando en ángulo recto… y que el espacio donde antes estaban hubiera dado el bote… casi como la rueda de un gigantesco molino de agua. Luego todo queda oscuro.

Cámara 1 : Acertijo 1

Con dificultad y con miedo, los Gutiérrez se levantan del suelo. Pati no hace otra cosa que maldecir.

—¿Pati?

—¡Pero si es la voz de papá!

—¡Papá!

—¡Pedro!

—¡Aquí estoy! ¡Sigan el sonido de mi voz! ¡No hay luz!

—Pati, saca tu encendedor —le dice Carlos a su hermana.

Un poco a regañadientes, pronto alumbra en la mano de Pati una llamita que apenas si ilumina la habitación.

El profesor Gutiérrez está agitando los brazos. Su esposa lo distingue gracias al débil resplandor de la llama del encendedor y, segundos después, la familia está reunida de nuevo. Aliviado, el profesor se endereza las gafas y dice:

—Lo primero que debemos hacer es encontrar una fuente de luz mejor para ver cómo salir de aquí. El encendedor de Pati no va a durar mucho tiempo. Bueno, y a propósito, ¿por qué tienes tú un encendedor, Pati?

Si no estuvieran a oscuras habrían visto a Pati sonrojarse.

Cristina interviene:

—Eso no importa ahora, Pedro. Lo importante es que no nos podemos quedar para siempre en este sótano. Por suerte, Pati tenía ese encendedor.

—No estamos en el sótano, esta todavía es la planta baja de la casa —corrige Pedro, un poco irritado.

Sin decir nada, Cristina toma el encendedor e inspecciona cuidadosamente los alrededores, bajo la débil luz. Reconoce un contorno y se aproxima, con mucha cautela. Dos metros más adelante, esa sombra se le revela como una mesita. Sobre ella hay un candelabro de dos brazos con dos cabos de vela. Al lado hay un encendedor como el de Pati.

Pronto encienden las velas y se difunde en la habitación suficiente luz.

—¿Qué es esto? —pregunta Pedro con sorpresa, tomando una hoja que está junto al encendedor. Entonces comienza a leer.

Estimado profesor Gutiérrez:

Bienvenido a mi reino. No piense que es fanfarronería o delirio de grandeza. La verdad es que soy el único que conoce el viejo laberinto del despacho de aduanas. Lo he acondicionado a mis necesidades y por eso es, realmente, "mi reino". Lo felicito por haber encontrado el encendedor y las velas, porque de lo contrario yo no podría estar dándome el gusto de que usted estuviera leyendo estas líneas.

He esperado varios años para ponerle las manos encima. Usted siempre ha sido el exitoso inventor de acertijos y yo he debido permanecer a su sombra. Sin embargo, mis acertijos son muy superiores a los suyos.

Eso podrá comprobarse muy pronto, si es que todavía no se ha dado cuenta.

Con relación al laberinto del despacho de aduanas, debe saber que se trata de un enorme acertijo que consta de muchos acertijos menores. Hay acertijos fáciles y acertijos difíciles. Usted sólo podrá salir de aquí cuando haya logrado resolver el acertijo mayor, con la ayuda de los acertijos menores. Si no lo consigue, nadie volverá a oír hablar de los acertijos del profesor Gutiérrez...

Sin embargo, no quiero pecar de injusto: si usted logra salir de este laberinto, se ganará mi respeto. He escondido varias pistas para evitar que se desanime demasiado pronto; aparte de eso, voy a estar observándolo.

Sería mentira decirle que le deseo mucha suerte, así que me despido, sin otro particular.

Guasón R.

P.D.: Este es el primer acertijo que le tengo preparado:

Entre el clavel blanco y la rosa roja, Su Majestad escoja.

¿Qué problema tiene Su Majestad, estimado profesor?

Cuando Pedro termina de leer la carta, los Gutiérrez están sin habla. El profesor Gutiérrez recobra la calma primero que todos. Afirma que el acertijo no es difícil, pero que siente ganas de darle a Guasón una paliza que lo deje en las mismas condiciones de Su Majestad.

Y entonces concibe un plan:

—Escuchen —propone—: si queremos salir de aquí, tenemos que resolver juntos los acertijos. Todas las pistas son importantes. Todo depende del más mínimo detalle. Digan todo lo que se les ocurra. Quedarse callados podría ponernos en peligro de vida o muerte. Por suerte, llevo conmigo mi libreta de apuntes. Numeraremos todos los acertijos y las soluciones y anotaremos aquí todo. Numeraremos también cada sitio por donde pasemos. Sospecho que eso podría ser importante más adelante. ¿Qué opinan?

—Tú sólo piensas en tus acertijos —le dice Cristina—, pero se te olvida que también debemos ocuparnos de las cosas sencillas de la vida. Las velas no duran para siempre. Nos hace falta otra fuente de luz. Y también necesitamos algo de comer y de beber.

Carlos interviene:

—Si queremos ahorrar luz, nos toca apagar una de las dos velas. Aparte de eso, yo tengo en mi bolsa dos barras de chocolate. Y ahora comencemos, porque esta noche quiero dormir en mi cama —dice el hasta ahora intrépido Carlos, que pasa saliva ostensiblemente y añade—: Y además, tengo miedo.

Pedro hace unas cuantas anotaciones en su libreta sobre la cámara 1 y el acertijo 1 y escribe la solución del acertijo. Su esposa toma el candelabro, en el cual alumbra ahora sólo una vela, y Pati se lleva la mesita. Luego se dirigen cautelosamente al orificio de la pared, exactamente frente al lugar por donde dieron a parar en esa cámara.

Cámara 2 : Acertijo 1

Ante ellos se encuentra una escalera estrecha que conduce a un área oscura, más abajo. El débil resplandor de la vela les muestra sólo los próximos dos escalones, pero ilumina bien ambas paredes a derecha e izquierda. Así encuentra Pati el acertijo, grabado en la pared de la izquierda:

Soy un dios poderoso entre los antiguos griegos, pero si me das la vuelta, soy también un territorio estrecho en África.

Cristina se sabe la respuesta porque su interés por los viajes la ha llevado ya a Grecia y al lugar descrito en África. Pedro anota también esta respuesta en su libreta de apuntes. Al pie del escalón 33 se abre ante ellos una cámara rectangular, en cuyo piso se refleja la luz de la vela y, por lo tanto, hay un poco más de claridad.

Cámara 3 : Acertijo 1

Ven de inmediato que la cámara consta de seis salidas: dos en la pared izquierda, dos en la pared derecha, aquella por donde acaban de entrar y una ubicada exactamente frente a ellos. En el suelo brillante y pulido está grabado el acertijo de esta cámara. Los Gutiérrez esperan que la solución les indique el camino que deben seguir a través del laberinto:

Singapur India Grecia Argentina Noruega Dinamarca España Roma Ecuador Colombia Holanda Oslo.

A Carlos le gustan la geografía y los juegos de palabras, y encuentra rápidamente la solución del acertijo.

—¿Vamos a explorar también las otras salidas? —pregunta Cristina. Pero entre todos deciden que no hay tiempo que perder y siguen la dirección que indica el acertijo.

Cámara 4 : Acertijo 1

Este espacio no es más grande que un cuarto y el techo es bajo. En la pared a su derecha está la única salida. Los Gutiérrez iluminan esa pared, pero no encuentran ningún acertijo. Sin haber conseguido nada, deciden buscarlo en la cámara siguiente, pero entonces Pati descubre casualmente en el techo una placa de metal. La placa está ennegrecida por el hollín y Pedro tiene que limpiarla con la mano un par de veces, antes de que consigan descifrar el texto:

Nada y 6 y 500 y 1 y otra vez nada dan como resultado el nombre de un poeta romano.

He aquí un hueso duro de roer. Pedro anota en su libreta el número de la cámara y la pregunta, pero la respuesta les da problemas a todos. Como la cámara sólo tiene una salida, deciden seguir adelante y descifrar el acertijo por el camino. Ya les estaba pareciendo un poco sospechoso que hasta ahora todo les hubiera salido tan bien, teniendo en cuenta la delicada situación en que se encuentran. Y en este momento enfrentan el primer enigma que no logran resolver de inmediato.

Cámara 5 : Acertijo 1

Se encuentran de nuevo en un pasadizo estrecho, que ahora describe una curva hacia la izquierda; es un cuarto de curva, según afirma Carlos. De repente, la vela comienza a tremolar y se apaga. Nadie se había percatado de que estaba casi consumida. Sufren un ligero ataque de pánico, pero Cristina enciende rápidamente el segundo cabo de vela y logran orientarse otra vez. También descubren que el paso está bloqueado por una pesada puerta de madera. Pedro la empuja con el hombro, pero la puerta no cede ni un milímetro.

—Cuando se consuma también esta segunda vela, no podremos encontrar los acertijos ni resolverlos —dice Carlos—. Tenemos que pensar en algo antes de que eso pase.

—Primero hay que encontrar el acertijo de esta cámara y abrir esta estúpida puerta

—contesta Pedro, tomando el candelabro e inspeccionando cuidadosamente la pesada puerta. Más o menos a la altura de su cabeza, descubre un agujero. Con cuidado, introduce su lápiz en él; no encuentra resistencia alguna. ¿Un hueco? ¡Más parece una mirilla!

Arriba, a la derecha de la puerta, hay un sistema de palanquitas marcadas con los siguientes números: 99, 110, 121, 129, 140, 142, 150, 159. A la izquierda, abajo, está el acertijo:

La suma de dos de los números de la base da como resultado el número de arriba. ¿Qué número va en el vértice de la pirámide?

```
              ?
           ?  73
         ?  ?  ?
      14  ?  19  ?
     8  ?  ?  ?  ?
   ?  2  ?  7  ?  ?
```

Con el número correcto en el vértice de la pirámide, mueve la palanca correspondiente y la puerta se abrirá. Si mueves la palanca equivocada, la puerta permanecerá cerrada durante tres días.

Este es el primer acertijo matemático que enfrentan. Luego de una rápida operación con ensayo y verificación, obtienen el número que va en el vértice de la pirámide. Ahora sólo les falta mover la palanca correspondiente. Pedro acciona la palanca que coincide con el número propuesto. No pasa nada. Nerviosa, Pati se revuelve el pelo de rayitos rubios. Cristina se muerde el labio superior. Carlos se exaspera. Agotado, Pedro se recuesta contra la puerta y, en ese preciso momento, escuchan un gemido leve y un chirrido: la pesada puerta de madera se abre lentamente con la presión del peso de Pedro.

Cámara 6 : Acertijo 1

Entran en una cámara no más grande que aquella donde no pudieron resolver el acertijo. Con un crujido, la puerta por donde acaban de entrar amenaza con cerrarse de nuevo. Con toda serenidad, Carlos le quita de las manos a Pati la mesita de tres patas que ha estado cargando todo el tiempo, corre hasta la puerta y mete la mesa entre el marco y la puerta. Una de las patas se rompe, pero la puerta queda entreabierta.

Cristina, que lleva el candelabro, intenta ayudarle a su hijo, pero hace un movimiento rápido y se le apaga la vela debido a la corriente de aire que entra ahora por la puerta entreabierta.

Cuando vuelven a encender la vela, notan que del lado interior de la puerta hay clavada una hoja de papel. ¡Otra carta de Guasón!

Estimado profesor Gutiérrez:

Cuando encuentre esta carta habrá probado ya mis acertijos. Espero que al menos haya llegado hasta aquí, o de lo contrario todo este asunto no tendría ninguna gracia para mí. Tal vez deba ayudarle a prolongar su vida un poco: ha de saber que no puede devolverse por esta puerta, que ahora está cerrada con llave, porque el mecanismo sólo funciona desde el otro lado; además, usted está solo y no tiene la fuerza ni las herramientas necesarias para forzarla. Utilice entonces, con toda confianza, la salida de enfrente; así podrá continuar adelante. En caso de que logre resolver 17 acertijos más en la dirección correcta, encontrará en la cámara correspondiente agua y galletas, digamos que a manera de premio. Eso es si lo consigue... porque sus velas se consumirán pronto y tendrá problemas para resolver los acertijos. Si en algún sitio se tropieza con un esqueleto, no le dé muchas vueltas al asunto: este pobre tipo tampoco logró salir de este laberinto hace cientos de años.

Ah, y otra cosa: si su viajera esposa llegara a echarlo de menos, yo tendría mucho gusto en ocuparme de ella. ¡Sería divertido!

Y ahora, enhorabuena, estimado profesor Gutiérrez.

Con un atento saludo,

Guasón R.

—¡Es un cerdo! —maldice Cristina.

—Calma, tesoro —la tranquiliza su esposo—. Esta carta incluye un par de datos importantes para nosotros, y el objetivo de Guasón es ponerme nervioso, tal como te ha puesto a ti. Pero nosotros no le daremos ese gusto. No nos vamos a dejar acobardar por semejante imbécil. Y bien, ¿qué concluimos de esta carta? Primero, parece que Guasón no sabe que toda la familia Gutiérrez está en el laberinto del despacho de aduanas, aunque en la primera carta escribió que me iba a estar espiando. Segundo, sus mecanismos de terror psicológico no me han producido el efecto que busca. Tercero, gracias a la mesita de Pati y a la serenidad de Carlos, tenemos la posibilidad de volver a la cámara 1. Cuarto, sabemos que después de 17 acertijos encontraremos algo de comer. Y quinto, Guasón no sabe que tenemos el encendedor de Pati y que tendremos luz más tiempo del que piensa. Por lo tanto, nuestra situación es mejor de lo que él se imagina.

El acertijo de esta cámara está en el lado interior de la pesada puerta de madera, y dice así:

¿Qué país se convierte en 1.090 si se le quitan las vocales?

Para un inventor de acertijos esto no representa problema alguno, y pronto los Gutiérrez pasan por la apertura en la pared de enfrente a la puerta de madera, rumbo a la siguiente cámara.

Cámara 7 : Acertijo 1

Esta es un área bastante grande, y tiene la particularidad de que las placas de piedra que cubren el piso forman una curva grande que conduce a la izquierda, a una puerta que está abierta. La curva forma un ángulo de 90 grados y tiene aproximadamente la misma longitud de la curva al final de la cual encontraron la puerta con el mecanismo de palancas. En la mitad de este arco hay una hoja de papel con otro acertijo. Cristina lo ve de primera, y lo lee:

¿Cuál es el nombre del recipiente legendario que utilizó Jesús en la Santa Cena, cuya búsqueda es, además, el tema central de numerosas novelas de caballería?

Cristina, la experta en historia y geografía, encuentra sin tardanza la solución: un elemento más antiguo que el despacho de aduanas.

El acertijo es típico del humor macabro de Guasón y es el primero de los 17 acertijos anunciados. Pedro anota la respuesta en su libreta y los Gutiérrez siguen la curva. Llegan a una cámara de aproximadamente dos metros de ancho por dos metros de largo.

Cámara 8 : Acertijo 1

Frente a la entrada hay una puerta y en la pared de la izquierda hay otra. En el piso se encuentra una hoja con un acertijo:

¿Cuál es el nombre del legendario rey que envió a sus caballeros a encontrar la solución del acertijo de la cámara anterior?

Cristina responde sin tardanza.

Cámara 8 : Acertijo 2

—Me alegra mucho que sepas tanto sobre ese rey, ¿pero por cuál puerta debemos seguir ahora? —refunfuña el profesor Gutiérrez, revisando su libreta de apuntes.

Carlos, entre tanto, ha examinado las puertas y explica que están numeradas. La puerta por donde acaban de entrar lleva el número 1; la de enfrente, el número 3; y la de la izquierda, el número 2. Por otra parte, se ha dado cuenta de que en esa cámara hay otro acertijo:

Al revés yo doy placer,
a derechas soy ciudad,

a derechas y al revés
me quiere la cristiandad.

Si la respuesta tiene 6 letras, ve por la puerta 3.
Si la respuesta tiene 4 letras, ve por la puerta 2.
Y si la respuesta tiene 10 letras, ve por la puerta 1.

—¡Otro rompe cocos! —maldice Pati. Pero luego se ríe y, por primera vez en la vida, se alegra de no sólo haber hecho globos en el colegio sino de haber puesto también atención en clase de vez en cuando. Para todos es claro por cuál puerta deben seguir. Llegan a una cámara que es del mismo tamaño que aquella del arco de 90 grados.

Cámara 9 : Acertijo 1

También en esta cámara hay un arco en el piso.

—La cámara 7 y la cámara 9 son idénticas —dice Pedro.

En ese momento Pati comienza a chillar:

—¡Allí, allí! —grita, y señala un rincón oscuro en la habitación. Allí está el esqueleto del cual les habló Guasón en su carta. Pati está temblando de pies a cabeza. Pedro la abraza con fuerza y Cristina abraza a Carlos. Cuando el susto les pasa un poco, Pedro se acerca cautelosamente al esqueleto para

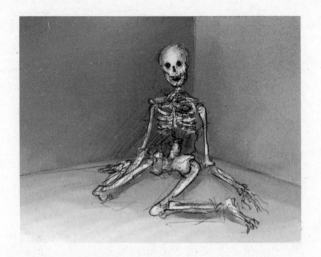

observarlo bien. Junto al esqueleto hay una pila de algo que parece ropa sucia o retazos de tela; al otro lado hay un bidón y, a la derecha, una vieja lámpara de aceite.

¡Luz! Olvidando toda precaución, Pedro toma la lámpara. Parece que aún tiene aceite. Pone en el piso el candelabro con el cabo de vela a punto de consumirse, e intenta encender la mecha de la lámpara con el encendedor, sin éxito. Acto seguido, inspecciona el bidón y anuncia que está medio lleno de aceite. Saca un pañuelo de su bolsillo y lo empapa en aceite. Luego acerca el encendedor al pañuelo. Al cuarto intento, el pañuelo se prende. A pesar del espeluznante escenario, la familia Gutiérrez está orgullosa de su éxito.

Pati tiene la siguiente idea:

—Cuando tomé la mesita no sabía por qué lo hacía, pero presentí que nos iba a ser útil después. Ahora ya sé en qué podemos usarla: ¡con las patas podemos fabricar antorchas!

Al principio todos la miran sorprendidos. Luego, se devuelven juntos a la habitación de la pesada puerta de madera, donde la mesita aprisionada mantiene abierto el paso en la otra dirección. Desmontan las patas y ponen la base de la mesa entre la puerta y el marco, de modo que no se pueda cerrar, y vuelven después a la habitación del esqueleto.

Carlos hurga una montaña de trapos con una de las patas de la mesa. Envuelve cuidadosamente la pata con una tela larga y amarra la tela al final con una piola. Su padre la empapa de aceite y en poco tiempo arde la primera antorcha. Están muy orgullosos de sí mismos porque ahora tienen mucha más luz que antes. Carlos ilumina las paredes y pronto encuentra el acertijo de esta cámara:

¿Cómo se puede escribir con cuatro fósforos (sin encenderlos) el número 1.000?

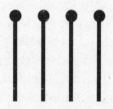

Otra vez es Pati quien haya la solución. Ella, que suele ser de malas pulgas, ha puesto todo su empeño en salir adelante de la difícil situación en que se encuentran y está resultando ser de gran ayuda para su familia. La cosa mejora aún más cuando anuncia que ya sabe la respuesta del único acertijo que hasta ahora habían dejado sin resolver. Pedro anota todo en su libreta y luego los Gutiérrez se dedican a la producción de antorchas.

Con dos antorchas encendidas y una antorcha de reserva, salen a explorar la siguiente cámara.

Cámara 10 : Acertijo 1

Esta cámara mide aproximadamente cuatro metros de ancho por cuatro metros de largo y no más de dos metros de altura. Las dos antorchas humean terriblemente. Los Gutiérrez encuentran otra vez tres puertas: aquella por donde entraron (Ñ), una enfrente (P) y una en la pared izquierda (D). En la pared que no tiene puerta está el acertijo:

$D \times T$

¿Qué significa esto?

Sigue por la puerta que está marcada con la segunda consonante de tu respuesta.

—Eso es muy fácil —dice Carlos, y avanza con la antorcha en alto a la siguiente cámara.

Cámara 11 : Acertijo 1

Aquí hay otro pasadizo que describe un arco hacia la izquierda. Los Gutiérrez iluminan la pared, pero no descubren ningún acertijo. Al final del pasadizo hay una pared de ladrillo. Nerviosos, buscan el acertijo. Nada. Deben de haber hecho algo mal.

Es Cristina quien, finalmente, se da cuenta de que uno de los ladrillos de la pared está flojo. Saca el ladrillo y encuentra detrás un pedazo de cuero. En él está el acertijo del pasadizo:

SFUSPDFEBÑ

Para todos es evidente que se trata de un mensaje en código. El profesor Gutiérrez lo descifra rápidamente y comenta que quien lo inventó es un bromista. Como comprenden que Carlos falló la respuesta anterior y tomó la dirección equivocada, se devuelven.

Cámara 12 : Acertijo 1

Desanimado, Carlos se rezaga un poco. Entre tanto, los Gutiérrez corrigen el rumbo. Ahora recorren un pasadizo recto y amplio, cuyas paredes tienen algunos ornamentos sencillos. Allí está oculto el siguiente acertijo:

¿Es posible hacer con seis palos de madera de la misma longitud cuatro triángulos de lados iguales, sin partir ningún palo?
En caso de que sea posible, ¿qué nombre lleva esta figura geométrica?

—He aquí un acertijo de vieja data —comenta Pedro, anotando la respuesta en su libreta de apuntes, mientras Cristina lo ilumina con la antorcha. Luego arranca la última hoja de la libreta y les muestra a todos el boceto que ha venido haciendo. El dibujo corresponde al plano del laberinto, con todas las cámaras que han visitado hasta ahora. Tiene una forma extraña, que entraña un nuevo acertijo para los aventureros. De momento, ninguno consigue darle sentido al boceto, pero todos tienen la sensación de haber visto antes algo parecido.

Los Gutiérrez avanzan cautelosos por el pasadizo, hasta que Pati, que va de primera, se detiene abruptamente y les pide que paren. Ante ella se abre en el piso una hondura, cuyo diámetro y profundidad sólo es posible imaginar. No alcanzan a ver el borde opuesto de la hondura, pero el borde donde están ahora tiene forma de arco. Posiblemente es una cavidad circular. El boceto de Pedro confirma esta hipótesis. Cuando se inclinan sobre el hueco, las antorchas comienzan a tremolar. Hay una corriente de aire.

Cristina se maravilla de que los constructores del laberinto hubieran hecho incluso un sistema de ventilación, y se esperanza con la idea de que puedan seguir la corriente de aire y encontrar así el camino hacia la libertad. De momento, sin embargo, están frente a ese pozo y no saben por dónde seguir. Además, no tiene sentido devolverse porque creen haber tomado la ruta correcta y haber resuelto todos los acertijos. ¿O acaso pasaron algo por alto?

Carlos, que va adelante otra vez, hace un descubrimiento: una escalera metálica que conduce hacia abajo y está recostada contra la pared del pozo. Con algo de esfuerzo consiguen separar la escalera de la pared y engancharla de modo que les sea posible el descenso. Cristina y Pedro se tienden sobre el borde del pozo e intentan iluminarlo con sus antorchas tanto como les es posible. Deben evitar que las apague la corriente de aire. Carlos baja dificultosamente por la escalera, peldaño por peldaño. Al principio se siente muy valiente, pero a medida que baja la iluminación es más débil y el camino es más incierto. Cuando llega al final de la escalera, el miedo se apodera de él súbitamente, y grita. A sus padres y a Pati casi se les sale el corazón del pecho. Pero entonces lo escuchan decir:

—¡En la pared hay un boquete, un boquete bastante grande!

Carlos sube otra vez por la escalera y toma aire profundamente. Luego emprende otro descenso de reconocimiento, esta vez con una antorcha. Este descenso es bastante más difícil que el anterior porque sólo puede sujetarse con una mano y debe evitar que se le apague la antorcha.

En el último peldaño, sin embargo, ve recompensado su esfuerzo: junto a la escalera hay una pequeña plataforma que conduce a un pasadizo aparentemente idéntico al del piso de arriba, y que parece estar situado debajo de este. En ese momento, un ventarrón apaga la antorcha de Cristina. Pati chilla, y Carlos baja otro escalón, produciendo un ruido fantasmal. Todos están con los nervios de punta y tienen miedo. Al fin y al cabo, esta no es una visita normal a un castillo.

Pedro intenta prender la antorcha otra vez, sin éxito. Ni siquiera prende con más aceite. Por fin consigue inflamar la antorcha de reserva. Nadie dice nada, pero todos saben que el problema de la luz no está del todo resuelto: tarde o temprano un viento fuerte e inesperado podría dejarlos a oscuras.

Cámara 13 : Acertijo 1

Pati y sus papás también bajan por la escalera. Poco después todos están juntos otra vez y Carlos propone compartir uno de sus chocolates. Cristina parte el chocolate en cuatro pedazos más o menos iguales y todos disfrutan de esa pequeña pausa, sumidos profundamen-

te en sus pensamientos. Es Pati, finalmente quien los incita a seguir adelante. Sin embargo, sólo pueden avanzar un par de metros porque se topan con una pared. En ella hay una pesada puerta de madera que les recuerda la puerta con la segunda carta de Guasón. Esta, sin embargo, es más gruesa y se abre a derecha e izquierda. También en ella descubren un agujero que parece ser una mirilla. ¡Guasón los ha estado observando! ¿Por qué, entonces, no sabe que toda la familia está en el laberinto? Al lado izquierdo de la puerta brilla un pomo de bronce con forma de cabeza de león. En la madera hay 15 ranuras verticales. Debajo están talladas artísticamente las letras del siguiente acertijo:

Aquí hay 15 ranuras. Una de ellas abre la puerta. Es la sexta a la izquierda de aquella que está a tres ranuras a partir de aquella que está a 3×2 ranuras a la derecha de la de la mitad.

Los Gutiérrez están seguros de que aquí también deben tocar la ranura correcta. De no conseguirlo, les será negado el paso hacia delante. Al hacer presión sobre la ranura correcta y al mismo tiempo sobre la cabeza del león, se abre de la puerta.

Cámara 13 : Acertijo 2

Tras esa puerta encuentran un enorme arco de madera tallado en un magistral tronco que probablemente tiene varios cientos de años. Los Gutiérrez leen la siguiente inscripción en el arco:

E st ee se lp is od ela sm ucha sp al abra sBie nv en ido se xtr año s

—¿Y eso qué quiere decir? —pregunta Pati. Pedro se lo explica, asombrándose al mismo tiempo de que esta forma de acertijo sea ya tan vieja. Él mismo la utiliza de vez en cuando en sus trabajos.

Cámara 14 : Acertijo 1

Tal y como esperaban, entran otra vez en una cámara de cerca de cuatro metros de ancho por cuatro metros de largo. A la izquierda y a la derecha hay una salida. En la pared frente ellos está el siguiente acertijo, escrito en bella caligrafía:

Menciona una palabra con cinco "íes" y otra con seis

—Por fin un acertijo inteligible —comenta Pedro maliciosamente, al tiempo que hace una anotación en su libreta. Los Gutiérrez continúan hacia la derecha, seguros de ir en la dirección correcta.

Cámara 15 : Acertijo 1

Ante ellos aparece un espacio muy similar a una de las cámaras del piso de arriba: es muy grande y en el suelo se observa un cuarto de círculo. Esta pista, no obstante, los lleva esta vez a la derecha, lo cual le parece perfectamente lógico a Pedro. Buscan el acertijo y lo hallan de nuevo en la pared, en la ya familiar caligrafía:

El que lo hace, no lo necesita.
El que lo vende, no lo quiere.
El que lo utiliza, no lo sabe.

Esta vez es Cristina quien encuentra la solución, y comenta que la adivinanza es bastante macabra. Todos están de acuerdo, maldicen a Guasón y siguen la línea en el piso, en dirección a la siguiente cámara.

Cámara 16 : Acertijo 1

Llegan ahora a una cámara un poco más pequeña. Carlos, familiarizado ya con la lógica del sistema, comenta que es igual a la cámara del piso de arriba. Enfrente de la puerta por donde acaban de entrar hay una salida, y en la pared derecha hay otra. En la salida frente a ellos continúa la línea circular. En la pared izquierda se esconde este acertijo:

Yo lo coloco y ella lo quita.
¿Qué frase se esconde en esta?

De momento, a ninguno se le ocurre la solución. Por eso deciden seguir las señales en el suelo.

Cámara 17 : Acertijo 1

Ingresan en una cámara grande, llena de todo tipo de trastos, sobre todo rollos de tela de diverso tipo. Los Gutiérrez las inspeccionan de inmediato y, para su regocijo, ven que

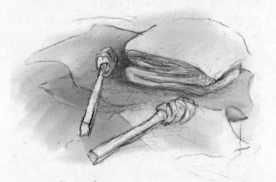

les sirven para fabricar antorchas. Si bien las telas están un poco secas, no son quebradizas. La habitación parece un depósito de mercancías.

—Mucho cuidado con las antorchas —advierte Cristina—. Si cae una chispa aquí, seguramente tendremos problemas. Y entonces… Eh, ¿qué es eso? Pati, ven acá un momento y sostén la antorcha aquí. ¡Con cuidado!

Pati se acerca e ilumina a su madre, que está inspeccionando con interés uno de los géneros de tela.

—¡Esto es estopa! ¡Con esto podemos hacer una mecha!

Los demás la miran sin entender.

—Sí claro, mamá —comenta Carlos—, si tuviéramos una lámpara, la mecha nos sería muy útil.

—¡Ya tenemos una lámpara! —exclama Pati—. ¡Sólo hay que ir a buscarla! ¿Se acuerdan de la lámpara de aceite en la cámara del esqueleto?

Procurarse una mejor iluminación los tienta, pero la idea de devolverse por el camino lleno de peligros les resulta deprimente. El silencio reina mientras deciden. Sólo se escucha el crepitar de la antorcha.

Finalmente es Cristina, otra vez, quien propone:

—Yo puedo ir con Carlos a traer la lámpara. Llevaremos la antorcha de reserva, los cabos de vela y un encendedor. Pedro, tú y Pati se quedarán aquí, y tratarán de encontrar el acertijo de esta cámara. Además, todavía nos falta resolver el acertijo de la cámara anterior. ¿Podrías darme tu boceto del laberinto?

Tras una acalorada discusión, Pedro hace una copia de su boceto, arranca la hoja de su libreta y se la pone con fuerza a Cristina en la mano. Luego la abraza y le dice:

—Tengan cuidado, y sigan exactamente el camino dibujado en el boceto. En caso de que

no hayan vuelto en una hora, Pati y yo iremos a buscarlos siguiendo nuestro boceto.

Carlos, entretanto, se carga con un lío de telas arrancadas de los géneros arrumados allí, pensando que pueden serles útiles en el camino de vuelta.

Pati, que tiene los nervios descompuestos por culpa de esta aventura, vuelve a abrazar a su hermano. No lo había hecho desde hacía mucho tiempo.

Nadie dice gran cosa en la despedida. El miedo que les produce ese endiablado laberinto les cala profundamente los huesos. Madre e hijo se ponen en camino.

Padre e hija los observan hasta que la luz de la antorcha que llevan Cristina y Carlos se pierde en el siguiente recodo. Entonces, Pedro y Pati empiezan a revisar la habitación minuciosamente, lo cual es más fácil de decir que de hacer, porque tienen que treparse por las telas y al mismo tiempo evitar causar un incendio o que la antorcha se les apague. Pasa un rato antes de que descubran estas palabras grabadas en un sitio oculto en la pared:

Vence al tigre y al león,
vence al toro embravecido,
vence a señores y reyes,
y a todos deja vencidos

Pedro anota la pregunta, y luego él y Pati se sientan sobre las telas a pensar. Sumida en sus reflexiones, Pati tira de un hilo y lo quema al fuego de la antorcha. Entonces se le viene a la mente el verdadero sentido de la palabra iluminación. Apila unas cuantas tiras de tela, las riega con unas gotas de aceite y enciende todo. Las primeras llamas producen un fuego pequeño y sin humo, que alumbra ligeramente. Esta ocurrencia los anima e inspira su espíritu de modo tal que muy pronto encuentran la solución del acertijo.

Cámara 18 : Acertijo 1

Pedro propone alimentar el fuego e ir después a explorar la cámara contigua. Cuando Cristina y Carlos vuelvan, ellos simplemente estarán "al lado". Siguen el arco en el piso y tienen la sensación de que, hasta ahora, todos los pasadizos que llevan de una cámara a la otra en ese piso tienen la misma anchura y, que son en general, más anchos que los del piso de arriba. Tienen la misma sensación con la entrada de la siguiente cámara; a su izquierda hay una pared sin puerta, y ante ellos y a su derecha hay sendos pasadizos. El recinto al cual ingresan tiene el tamaño que Pedro había supuesto y, satisfecho, él completa el plano en su libreta. Oculto en la pared de la izquierda se encuentra este acertijo:

Por un camino muy oscuro
va caminando un animal.
El nombre de este bicho
ya te lo he dicho.

Pedro le comenta a Pati que esta es una adivinanza muy vieja. Luego anota la respuesta.

Dos cosas suceden en ese instante: primero escuchan un estruendo, y luego ven una luz fantasmal a la derecha, que se mueve de arriba abajo y luego desaparece.

—¡Apaga la antorcha! —le pide Pedro a su hija. Pedro arroja rápidamente a un rincón su antorcha y la pisotea para extinguir las llamas. La oscuridad los rodea, si bien no están totalmente a oscuras. Una débil luz les recuerda que en el depósito de al lado todavía arde el fuego que hicieron. Toman la antorcha recién apagada, regresan a la cámara contigua y se acuclillan en el rincón más apartado del fuego, detrás de unas telas. Allí hacen un consejo de guerra. A Pedro lo sorprende la valentía de su hija:

—Papá, quedémonos aquí unos veinte minutos más y, si no aparecen mamá y Carlos, vayamos a buscarlos —dice—. ¡Espero que no les haya pasado nada! ¿Qué habrá sido ese estruendo? Parecía una puerta que se hubiera cerrado de golpe. Y esa extraña luz… Me dio la impresión de que venía del pozo central.

—Ah... suspira Pedro—, espero que no hayamos visto caer por el pozo la antorcha de Carlos y Cristina. En todo caso, el estruendo venía de una dirección diferente de la de la luz. Pati, eso sólo puede significar que, aparte de nosotros, hay alguien más en este laberinto.

En ese momento oyen en la habitación contigua un ruido y los dos se acurrucan aun más en su escondite. Escuchan unos susurros.

Pati no puede resistirse:

—¡Es Carlos! ¡Y mami! ¡Gracias a Dios!

En efecto, Cristina y Carlos están a la entrada del recinto y observan con escepticismo el pequeño fuego hecho con los retazos de tela. Segundos después, todos se abrazan y se cuentan mutuamente sus aventuras. Carlos levanta triunfante la lámpara, y Cristina se ocupa de inmediato de construir una mecha.

Si bien todos oyeron el estruendo, nadie tiene una explicación plausible. Con respecto a la luz, fue Carlos quien la produjo, y está muy orgulloso de su idea:

—Encendí un rollo de tela y lo lancé por el pozo central. ¿Saben qué vimos? Un piso más abajo hay otra plataforma, y bien abajo parece haber agua; por lo menos, la tela se apagó de inmediato.

—¿Qué tan profundo es el pozo? —pregunta Pati.

—Dos pisos, máximo tres.

Entre tanto, Cristina ha conseguido hacer una mecha de estopa. Le riega aceite, la mete dentro de la vieja lámpara y, luego de un par de intentos, alumbra la luz más brillante que han visto en el laberinto hasta ese momento.

Cámara 19 : Acertijo 1

Cruzan de inmediato el pequeño intersticio que Pedro bautizó como cámara 18... y no logran dar crédito a sus ojos. Si bien esperaban encontrar un pasadizo largo y estrecho que describiera un cuarto de círculo hacia la derecha, en lugar de eso están en la habitación más grande de todas las que han visitado hasta ahora. Es otra vez una especie de depósito, aunque allí sólo hay unos cuantos barriles de madera, la mayoría vacíos. Dos de ellos, sin embargo, están cerrados, y es difícil moverlos; además, para tener acceso a su contenido necesitarían una palanca. Los Gutiérrez iluminan las paredes y el piso, en el cual se aprecia nuevamente el cuarto de círculo, pero no encuentran ningún acertijo.

Después de mucho buscar, por fin Pati descubre una inscripción en el techo:

¿Cuántos animales de cada sexo subió Moisés en el arca?
Esta respuesta tiene siete letras. ¿Cuál es la quinta letra de la respuesta?

Al principio se quedan perplejos. Pero Pati encuentra rápidamente la solución.

Cámara 20 : Acertijo 1

De ahí pasan a una cámara de interconexión pequeña y desnuda, que tiene tres puertas: aquella por donde entraron, una a la derecha y otra frente a la entrada. El acertijo, igual que en otras cámaras donde estuvieron antes, está escrito en la pared izquierda, en letras sencillas:

> ¿Cuántas estampillas de dos centavos hay en una docena?

Cristina no duda al dar la respuesta a este acertijo del laberinto que, entre tanto, comienza a parecerle cada vez menos aterrador de lo que pensó al principio.

Cámara 21 : Acertijo 1

Luego de haberse decidido a seguir el arco del piso, continúan derecho y llegan a un pasadizo largo y estrecho que se convierte, a la derecha (como si pudiera ser de otro modo), en un cuarto de círculo.

—¡En la pared izquierda hay un acertijo! —exclama Cristina.

—¡Y en la pared derecha también! —exclama Carlos.

Desconcierto total.

Primero leen el acertijo de la izquierda:

tsE ea ls a cerid nóic iuqe cov ada, lpxe aro rod

Seguramente es otro código. Pedro comienza a descifrarlo.

Cámara 21 : Acertijo 2

El acertijo de la derecha dice así:

Are on edn od rop etsit em et

¡Otro código! Pero el profesor Gutiérrez no sería inventor de acertijos si no fuera capaz de solucionar este tipo de enigmas.

—Guasón nos ha dado con esto una pista valiosa. No, en realidad dos pistas —comenta Pedro—: para comenzar, caminamos en la dirección equivocada; y si bien seguimos el arco del piso, nos pasamos.

Su afirmación se confirma cuando entran en la cámara siguiente. Están otra vez en la cámara 14, donde estuvieron al principio de su recorrido por ese piso. De hecho, es la cuarta vez que Cristina y Carlos están allí. Por esa razón, se devuelven a la cámara del pasadizo con los dos acertijos en código.

—En realidad no son verdaderos códigos —explica Pedro—, pero yo ya tampoco sé por dónde seguir: el pasadizo de la izquierda conduce al pozo central y el acceso allí sólo es posible, sin ayuda técnica adicional, desde la habitación 13, y únicamente hacia arriba.

—¡Maldición! —exclama Pati, arrojando al piso la antorcha de reserva que siempre lleva consigo.

¡Bum!

¿Qué fue eso?

Pati recoge la antorcha y la arroja otra vez al mismo sitio. *¡Bum!* Cuando revisan el área, se dan cuenta de que ese recinto está hecho todo de madera. No lo habían notado antes porque sólo se habían fijado en el acertijo de la pared. Descubren en el piso, además, una trampa casi invisible. ¡Sorpresa!

Cámara 22 : Acertijo 1

Con un poco de esfuerzo, consiguen abrir la trampa y ven una escalera que conduce hacia abajo. Sin embargo, no alcanzan a distinguir el suelo.

Pedro le encuentra ahora aún más sentido a la respuesta del acertijo en la cámara con la trampa, y todos se muestran de acuerdo. Uno por uno, bajan al piso siguiente por la larga escalera. Otra vez están en una cámara de interconexión. En la pared sin salida hallan el siguiente acertijo:

La cámara a tus espaldas y esta son una sola. Allí encuentras lo que necesitas para el gran conjunto. Devuélvete y déjate guiar por la dirección del Sol.

Cámara 22 : Acertijo 2

Los Gutiérrez pasan por el orificio que encuentran detrás de sí, y después de buscar un poco, ven la siguiente inscripción en el piso:

Un nenúfar se reproduce una vez al día mediante fragmentación, de modo que el número de nenúfares en un estanque se duplica diariamente. Después de 48 días el estanque está completamente lleno de nenúfares. ¿Cuántos días tardó en llenarse medio estanque?

Tras un breve consejo familiar, los Gutiérrez deciden tener en cuenta únicamente el acertijo, no la pista sobre la dirección del movimiento del Sol. Así que numeran del mismo modo la cámara con la pista y el pasadizo con el acertijo: cámara 22. Luego se devuelven a donde estaba la escalera. También deciden avanzar siguiendo el sentido de las manecillas del reloj y orientarse con el ya conocido cuarto de círculo de las otras plantas. Eso les parece más sencillo, porque el pasadizo opuesto está cerrado con una pesada puerta de madera y desconocen el mecanismo para abrirla. Además, tiene la ya familiar mirilla de observación.

Cámara 23 : Acertijo 1

Atraviesan un pasadizo corto que se ensancha repentinamente y se convierte en una cámara. Esta cámara es totalmente diferente de las anteriores, porque es casi redonda. Les sorprende mucho ver una mesa, un banco y dos asientos. En la mesa hay una garrafa, algunos vasos y una caja de lata. Al lado está una hoja de papel: otra carta de Guasón. Con gran agitación, se sientan, y Pedro la lee en voz alta:

Estimada familia Gutiérrez:
Primero que todo, permítanme felicitarlos por haber conseguido llegar hasta aquí. En realidad, yo sólo quería tener en mi reino a la cabeza de la familia Gutiérrez. Pero veo que ustedes desean enfrentar juntos la gran aventura. Por esta razón, después del acertijo 17 hay galletas. ¿Hasta ahora han adivinado más de 17 acertijos o menos? Menos estaría mal para el resultado final, más sería extraño.

Debo confesar que me admira la forma en que solucionaron el problema de la iluminación. Así que coman y beban tranquilos. Se lo merecen. El alimento no está envenenado.

Yo, entre tanto, comienzo a dudar de que ustedes se queden para siempre en mi laberinto. Pero como caballero que soy, he decidido no ponerles más obstáculos. Sin embargo, tampoco les pienso ayudar. Tienen por delante un trayecto difícil. Por lo demás, nadie los está buscando. Comenté en la Asociación de Inventores de Acertijos que ustedes tuvieron que viajar repentinamente. Se piensa que toda la familia Gutiérrez está en México.

Sin otro particular, les desea éxitos,
Guasón R.

—¡Esta carta me deja de una pieza! —comenta Cristina, rompiendo el silencio—. Ahora parece que Guasón fuera amigo nuestro y sintiera lástima de habernos encerrado en este laberinto. Pero yo no me fío de él.

Pedro intenta analizar la carta:

—Casi parece que sintiera remordimientos. Claro que él no lo confesaría nunca. Sin embargo, mantuvo la promesa del agua y las galletas, lo cual es bueno para nosotros. Y puede observarnos sólo hasta cierto punto, seguramente a través de las mirillas en las puertas. Por lo demás, se dio cuenta tarde de que tenía que vérselas con toda la familia Gutiérrez. Supongo que al principio estaba muy confiado. Pero nuestras posibilidades de salir de aquí no son pocas.

—¡Claro! Fue Guasón el que hizo ese estruendo que oímos antes —concluye Pati, tomando una galleta—. ¡Se estaba escondiendo en la trampa! Tal vez la puerta se le resbaló de las manos.

—¿Podemos descansar aquí y dormir un par de horas? —pregunta Cristina.

—¡Pero yo acabo de descubrir el acertijo! —exclama Carlos entusiasmado, leyendo el texto arañado en una pared, a diez centímetros del suelo:

Yo iba andando hacia Villa la Vieja, cuando me encontré con tres viejas. Cada vieja llevaba un saco, y en cada saco llevaba tres ovejas. ¿Cuántas viejas iban hacia Villa la Vieja?

Los muchachos se ponen a sumar como locos. Sin embargo, Cristina y Pedro les aconsejan que descansen un rato. Mientras una persona monta la guardia, los demás intentan dormir.

Después de un par de horas (y de haberse comido las provisiones) se ponen de nuevo en camino. Carlos piensa que a Villa la Vieja iban 7.512 viejas. Cuando Pedro le revela a su desconcertado hijo la respuesta correcta, para todos es claro, una vez más, cuán desigual es el nivel de dificultad de los acertijos en el laberinto.

Cámara 24 : Acertijo 1

La cámara circular se estrecha en un nuevo pasadizo que desemboca en una cámara de interconexión. A la derecha, un pasadizo más ancho conduce al centro de esa planta, y siguiendo derecho se abre ante ellos una cámara más grande con un cuarto de círculo en el piso; aparentemente es un antiguo depósito. Los Gutiérrez buscan el acertijo de esa cámara y lo encuentran en la pared de la izquierda:

Carlos, el granjero, viaja de Cali a Popayán en su carreta cinco veces y transporta en total 500 ovejas. En los dos primeros viajes transporta 190 ovejas; en el segundo y el tercer viaje juntos transporta 155 ovejas; en el tercer y el cuarto viaje juntos transporta 210 ovejas; y en los dos últimos viajes transporta 225 ovejas. ¿Cuántas ovejas había en la carreta de Carlos durante el tercer viaje?

Otra operación matemática. Pero las matemáticas no constituyen problema alguno para los aficionados a los números. Pedro anota la respuesta en su libreta de apuntes.

Cámara 25 : Acertijo 1

Los Gutiérrez avanzan por el depósito, que en realidad parece más un garaje. Se acuerdan del acertijo que acaban de resolver cuando se topan con tres carretas de doble eje, pértigo y superficie de carga. Cada carreta tiene cuatro anillos de hierro en las esquinas de la superficie de carga, las cuales probablemente se utilizaban antes para transportar mercancías en el laberinto. Pedro sugiere que se ataban cuerdas de los anillos para subir o bajar las carretas cargadas de mercancías por el pozo central a los diversos pisos del laberinto, con la ayuda de una polea o una grúa. Eso explica también las tarimas que han encontrado en los diferentes pisos del pozo central: allí depositaban las carretas y luego las llevaban por los pasadizos.

Los aventureros se alegran especialmente cuando encuentran otras lámparas de aceite, unos faroles de establo y algunas aceiteras. Con eso queda resuelto definitivamente el problema de la iluminación.

Al mismo tiempo, se sienten muy optimistas de llegar a la meta. Han conseguido llegar hasta allí y han resuelto todos los acertijos. ¿Todos? Pedro revisa su libreta de apuntes: todavía les falta el acertijo de la cámara 16. ¡Qué suerte que sea tan ordenado!

Pati, entretanto, ha descubierto el acertijo del garaje:

Son hijos de tus abuelos,
de tus padres hermanos son.
Tus hermanos con tus hijos
tendrán esa relación.

Carlos se sube al pescante de una de las carretas, pensando que así le será más fácil encontrar la solución. Cristina se ocupa de las lámparas. Pati descubre una cuerda que les puede ser útil, y Pedro resuelve el acertijo de la cámara 16.

Desde su posición en lo alto, la inspiración desciende sobre Carlos. Chasqueando los dedos, dice la respuesta al acertijo de esa cámara.

Cámara 26 : Acertijo 1

Siguen el arco en el piso y llegan a la siguiente cámara de interconexión, que parece ser exactamente igual a las otras dos cámaras que encontraron entre los depósitos. Sólo las diferencia una cosa: aquí oyen chirridos y crujidos lejanos, al parecer mecánicos. Un estremecimiento de terror les recorre el cuerpo.

Carlos se recupera primero que los demás y lee el acertijo que está en la pared de la izquierda. La escritura es reciente. El acertijo dice así:

¿Cómo se llama la mayor elevación del mundo?

—Eso es sencillo —sonríe Carlos con suficiencia—. Está en los montes Himalaya y sé cómo se llama, ¿me entiendes, Hillary?

—Te equivocas, Tensing —le responde su padre—. La pregunta es cuál es la mayor *elevación*.

Pati sorprende a todos con la respuesta correcta. Alguna vez ella quiso irse de vacaciones a ese apartado rincón del mundo. Aclara que hay dos elevaciones que tienen un nombre muy parecido y casi la misma altura, pero que ahora les están preguntando sólo por la más alta.

Cámara 27 : Acertijo 1

Obviamente no toman el pasadizo que conduce al pozo central, sino que caminan derecho y llegan al siguiente depósito. Entre la cámara y el depósito hay una puerta de roble con herrajes de hierro que se abre a derecha e izquierda y que, por fortuna, está abierta. Los chirridos que escucharon antes son ahora más fuertes. Carlos supone que tienen que ver con el río Pesquisa.

A lo largo de la pared, hay una hilera de barriles grandes ordenados sobre altos caballetes.

Pedro olfatea el aire detenidamente:

—Seguramente esto era un depósito de vino. Veamos si los antiguos señores del laberinto me dejaron un sorbo —dice, abriendo una de las llaves. El líquido que sale del barril sabe más a vinagre que a vino. Con un gesto de desagrado, el profesor añade—: Bueno, suficiente. Y ahora, ¿dónde está nuestro acertijo?

Buscan en las paredes, en el techo y en el piso. Siguiendo el cuarto de círculo del piso encuentran, finalmente, una espléndida puerta de madera, cerrada. El marco semeja una gigantesca prensa de vino. Cuando la miran en detalle, ven grabada en la madera la siguiente frase:

vinuM DeleCtat et laetifiCat Cor homInum

De momento no consiguen hacer nada con esa información. Y puesto que no han ubicado todavía el siguiente acertijo, Pedro escribe la frase tal cual en su libreta de apuntes, e intenta abrir la puerta.

Cámara 28 : Acertijo 1

Para su sorpresa, la puerta se abre sin mayor esfuerzo. Sin embargo, apenas entran en la siguiente cámara, pierden el aliento: si bien esperaban encontrar otra vez la acostumbrada cámara de interconexión, en su lugar hallan un espacio tan vasto como el depósito anterior. El ruido ha aumentado notoriamente. En la pared izquierda del recinto está la explicación de los sonidos. Por un orificio en la pared rocosa corre agua a un canal a lo largo de la pared, en el suelo, de cerca de un metro de largo. El agua desaparece por un orificio similar en el extremo opuesto del recinto. Por ese canal es conducida a través de compuertas de paso a depósitos de diferente tamaño. Cada depósito tiene un desagüe que lleva el agua de vuelta a un canal al pie de la pared.

—Esto es como un lavadero gigante —comenta Cristina—. Es evidente que aquí se aprovisionaban antes de agua potable para la limpieza. Tal vez incluso aguaban aquí el vino.

Pedro alumbra el boceto en su libreta de apuntes, y dice:

—Qué bueno que he anotado todos los datos. Esta agua sólo puede proceder del río Pesquisa.

Pati se inclina sobre el canal para tomar un poco de agua y entonces lanza un grito de sorpresa. Mientras bebía, descubrió un resplandor entre las rocas. ¡Luz natural!

Emocionados, los Gutiérrez se estrujan por esa apertura en busca de lo que tanto extrañan. Seguramente están en algún punto de la escarpada orilla del río Pesquisa.

Un entusiasmo especial se apodera de ellos. Buscan afanosamente y encuentran el acertijo en el lavadero:

¿Cuál es el más largo de los cuatro elementos?

Igual que en otras oportunidades, este acertijo guarda relación directa con la cámara donde están, y la respuesta no es complicada.

En la búsqueda de una salida, notan que sólo hay una posibilidad: la conexión con la cámara 22 está sellada, de modo que sólo les resta la gran puerta doble en dirección al pozo central.

Cámara 29 : Acertijo 1

Para su sorpresa, la puerta se abre sin mayor esfuerzo. Están a pocos pasos del borde del pozo central. En el piso, a un lado, se eleva una enorme palanca de hierro. Todos se acercan a mirarla. En la pared hay un dibujo con el siguiente acertijo:

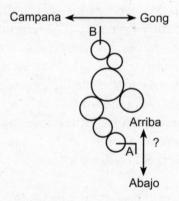

Debajo del dibujo dice lo siguiente:

Si mueves A, repicará la campana e irás a parar a una senda profunda y lejana.

Pero si es el gong el que suena, la libertad te será para siempre ajena.

Haz que suene la campana y saldrás primero de este horrible agujero.

Un acertijo sencillo para los Gutiérrez. Lo difícil es saber qué hacer con la solución. Carlos descubre las letras "a" y "ab" en los extremos de una flecha en la palanca de hierro.

—Tenemos que mover la palanca hacia arriba o hacia abajo, en la misma dirección de nuestra respuesta —dice, y comienza a hacerlo. Todos tiran de la palanca hasta que consiguen que engrane. Oyen un chirrido pavoroso y tienen la sensación de que el piso se estuviera moviendo.

Y casi es así, porque por debajo de la plataforma en donde se encuentran se desplaza una reja horizontal por el pozo central. Parte del espacio en la reja está reservado para una escalera metálica que conduce abajo. Cristina comprende de inmediato la situación:

—Me parece que este saliente servía para depositar aquí las mercancías y las carretas que vimos, y así poder transportarlas a las diversas cámaras del laberinto. Seguramente una grúa en el techo atendía este enorme despacho de mercancías. Pero bueno, eso no importa ahora, la escalera nos está indicando el camino que debemos seguir.

Pedro hace un par de anotaciones en su libreta y comenta:

—Lo del despacho de mercancías suena bien, pero también es posible que nuestro laberinto hubiera sido un depósito de contrabandistas. Sabemos que el despacho de aduanas se construyó como protección contra los contrabandistas que hicieron de las suyas en esta región mucho tiempo. Pero eso significaría, entonces, que los aduaneros hicieron causa común con los contrabandistas.

Cámara 30 : Acertijo 1

Nadie duda de que Pedro está en lo cierto. Saber que han conseguido develar otro secreto les da un renovado valor, y los Gutiérrez bajan valientemente por la escalera. Finalmente alcanzan a divisar el piso del pozo central, bien abajo. Parece estar hecho también de reja; debajo de la reja brilla agua. La escalera sigue el contorno de la pared curva del pozo y termina un piso más abajo, ante un pasadizo. Ese pasadizo se encuentra exactamente debajo de aquel en donde encontraron el primer acertijo del piso anterior. Es idéntico a los demás pasadizos que comunican con el pozo central, sólo que parece excavado con menos cuidado.

Los chirridos y crujidos que venían oyendo desde el lavadero se acentúan en este piso, pero a medida que se alejan del pozo disminuyen un poco. En el tablero de madera que está en la pared derecha leen el siguiente acertijo:

¿Cómo se llama el continente que hace más de 200 millones de años abarcaba a todos los continentes actuales?

—Mmm... o yo no atendí en el colegio o el profesor no nos enseñó a resolver acertijos en un laberinto subterráneo —se queja Carlos.

Es un pobre consuelo constatar que todos están igualmente desorientados que él. Así que no les queda más remedio que anotar la pregunta y continuar.

Cámara 31 : Acertijo 1

—Vuelve a comenzar el recorrido circular —suspira Pati, cuando atraviesan el pasadizo y entran en la pequeña cámara de interconexión que, en la pared frente a ellos, tiene el siguiente enigma:

Si quieres continuar tu camino,
sigue la direccion del Sol.

Pati se sabe la respuesta. Además, es clara la dirección en que deben continuar porque en la dirección opuesta al movimiento del Sol hay una puerta sellada con barrotes de hierro.

—Por suerte todavía estamos en el hemisferio norte —dice Cristina, intentando hacer un chiste, pero nadie logra reírse realmente de su comentario.

Cámara 31 : Acertijo 2

Una vez que han decidido que no van a considerar la pista como un acertijo, igual que hicieron antes, Pedro descubre el verdadero acertijo de esa cámara:

Menciona cinco palabras que empiecen y terminen con la letra "a" y que se lean igual de adelante hacia atrás y de atrás hacia delante.

El profesor Gutiérrez no tiene problemas con la respuesta y resuelve el acertijo rápidamente.

Cámara 32 : Acertijo 1

Escogen el camino que les señala la pista y se disponen a abandonar la cámara de intercomunicación, cuando encuentran cinceladas en el pasadizo estas palabras:

Ven tiempo, ven rueda

—Esto no es un acertijo sino otra pista —dice Pedro.

—Pero aquí hay algo que no cuadra… —refunfuña Carlos— …aunque no sé qué es.

Cámara 32 : Acertijo 2

Se internan en el pasadizo que, según sus expectativas, conduce a la derecha describiendo un cuarto de círculo, y empiezan la búsqueda del siguiente acertijo. Esta vez es Pati quien lo descubre:

Siete viejos se reunían siempre en la misma mesa del mesón del pueblo. Allí se daban cita todas las noches. El señor A no tenía mucho que hacer y por eso iba todas las noches al mesón; el señor B sólo podía ir cada noche de por medio; el señor C sólo podía ir cada tercera noche, y así sucesivamente; y el señor G sólo podía ir cada séptima noche. Una noche, comenta la camarera: "Esto es extraño. Ya llevo cinco semanas trabajando aquí y todavía no he visto juntos a todos los señores".

¿Después de cuántos días estarán juntos todos los señores en la mesa?

He aquí un problema para los aficionados a las matemáticas. Pedro anota el acertijo en su libreta y sugiere buscar la respuesta en la próxima pausa.

Cámara 32 : Acertijo 3

—¡Aquí hay algo! —dice Pati.

El viejo continente te desconcierta, su nombre no sabes a ciencia cierta.
Quítale la segunda o la última letra; esa es la respuesta.

—¿Y eso qué querrá decir? ¡Ya estoy harto de estos jueguitos! —exclama Carlos.

—Sin embargo, esto nos ayuda mucho —comenta Pedro—. Sólo necesitamos saber una de las letras del nombre del antiguo continente. Claro que es posible que todavía se esconda algo más entre estas cuatro líneas... Sin embargo, no creo que debamos considerar la pregunta como el acertijo de esta cámara, sólo como un complemento al acertijo 1 de la cámara 30. Por otra parte, comienzo a descubrir lentamente el funcionamiento de este sistema, cuya madeja se va desenrollando por estos pisos. ¡Genial!

Cámara 33 : Acertijo 1

Con estas palabras, Pedro Gutiérrez conduce a su familia al siguiente recinto, otra de las ya conocidas cámaras de interconexión. Al lado derecho hay un pasadizo que lleva al pozo central, es decir, que alguna vez debió de haber llevado allí. Ahora el paso está obstruido.

—¡Auxilio! —chilla Pati, histérica—. ¡Allí, allí, allí! —nadie sabe qué le pasa. La última vez que se puso a chillar así fue cuando encontró el esqueleto. Cuando por fin consigue controlarse, dice—: ¡Acabo de ver un bi-cho ho-rro-ro-so! ¡Allí, donde el paso está obstruido!

La tensión disminuye un poco. Pedro sostiene con firmeza su lámpara e ilumina el lugar que señala Pati. No ven nada.

—No puede haber sido muy grande porque el escondrijo entre las piedras es más bien pequeño. ¿Cómo era el animal?

Pati todavía está temblando de pies a cabeza:

—Un ratón grande —balbucea.

Deciden que el monstruo seguramente era una rata y se disponen a buscar el acertijo. En la pared frente al pasadizo obstruido hay un dibujo de un mapamundi que tiene unos cien años de antigüedad. Debajo del mapamundi está escrito lo siguiente, en una letra muy bonita:

Alí y su perro Can
se fueron a tomar té
a la ciudad
que le he dicho a usted.

Los Gutiérrez se miran desconcertados. Cristina se encoge de hombros. Carlos patea el piso con la punta de su zapato. Pedro se abanica con su libreta de apuntes.

De repente, se escucha la voz de Pati:

—Creo que sé la respuesta. ¡La tengo!

La solución suena lógica. Todos la abrazan, y así le ayudan también a sobreponerse un poco del susto de la rata.

Cámara 34 : Acertijo 1

Sólo hay una salida por donde pueden avanzar. Se encuentran en una cámara que tiene aproximadamente el mismo tamaño de aquella en la que se hallaban las carretas y que, entre tanto, todos han decidido llamar garaje. A primera vista, sin embargo, parece una cámara de tortura. En una esquina hay una chimenea y contra la pared hay unas mesas con aparatos raros. El cuarto de círculo en el piso es de metal y está empotrado.

Carlos señala una de las mesas y pregunta:

—¿Ese es un aparato para torturas de estiramiento?

Pedro se rasca la cabeza, pensativo:

—No, Carlos, creo que estamos en un taller. Si aquí vivieron contrabandistas bien organizados, entonces necesitaban poder reparar la grúa o las carretas o fabricar algunas piezas. Lo que me parece incluso más interesante es esta chimenea en el rincón. Es prácticamente una pequeña herrería. Sólo que para tener una herrería se necesita una salida y entrada de aire. Entonces debe de haber por aquí un sistema sencillo de ventilación, pero funcional.

Pedro va hasta la chimenea y prende el encendedor. De inmediato comienza a tremolar la llama y parece confirmarse su teoría.

Los Gutiérrez deciden no llevarse ninguna de las herramientas que encuentran allí. Finalmente hallan el acertijo en una hoja de papel. La hoja está sobre un banco de trabajo y es tan nueva que sólo puede provenir de Guasón:

Al cocinero le robaron de su templo gastronómico una nueva receta. Nadie vio al ladrón. Lo único que se sabe es que el camarero vio salir de la cocina a alguien que llevaba una corbata negra. Por lo tanto, sólo puede tratarse de uno de los tres señores que estaban sentados antes del robo a la mesa a la entrada de la cocina: Mike Black, Jasper Green o Donovan Brown. Del interrogatorio se concluye que uno de ellos llevaba una corbata verde, otro una corbata negra y otro una corbata café. Ninguno llevaba, sin embargo, una corbata que coincidiera con su apellido. Sólo se sabe que al señor Black no le gustaba el color verde. ¿Quién es el ladrón?

—Un acertijo típico de Guasón. Nada particularmente brillante; algo fácil de resolver con un poco de lógica sencilla —anuncia el profesor Gutiérrez, a lo cual su esposa le dice:

—Pedro, no te pongas de presumido ahora. Todavía no hemos salido de este laberinto y hasta ahora sólo vamos bajando. ¡Yo quisiera ver de nuevo la luz del Sol!

Cámara 34 : Acertijo 2

En confirmación a las palabras de Cristina, Carlos encuentra un segundo acertijo:

¿Qué palabra empieza con la letra D y tiene 18 letras?

¿Quién puso más atención en la clase de Español? ¡Pati se sabe la respuesta!

Los Gutiérrez siguen el cuarto de círculo en el piso y pronto se encuentran ante una pesada puerta que se abre a derecha e izquierda.

Cámara 35 : Acertijo 1

Entre todos abren la puerta y entran en la siguiente cámara de interconexión. Aquí los chirridos son más fuertes que antes. Frente a ellos y a su derecha, hay sendas y grandes puertas dobles. Según los cálculos de Pedro, la puerta detrás de la cual debería estar el pasadizo que conduce al pozo central es aquella que está cerrada con un enorme candado oxidado. En la pared de la izquierda está escrito en letras temblorosas:

Cuanto más y más me quitas
más grande me voy haciendo;
cuanto más y más me pones,
más voy empequeñeciendo.

Adivinanzas como esta no representan desafío alguno para un inventor de acertijos. Pedro apunta de inmediato la respuesta en su libreta y se dirige a la puerta sin cerrojo. Arriba, en el dintel, está escrito en letras grandes "Casa de la rueda". El profesor asiente y comenta:

—Esto tiene sentido. Ahora veremos qué se oculta tras esta puerta.

Cámara 36 : Acertijo 1

Entre todos abren la puerta y de inmediato se llevan nuevas sorpresas. Primero, ven una imponente rueda hidráulica que se mueve rítmicamente al son de los chirridos que han venido oyendo todo el tiempo. El agua es conducida a la rueda por un canal, hacia arriba.

Ven también un mecanismo de viela, émbolos y ruedas dentadas, unido al eje de la rueda y oculto parcialmente en el techo y la pared. Finalmente, notan que la habitación está débilmente iluminada; en el punto donde se encuentra la rueda hidráulica, que se mueve en el sentido de las manecillas del reloj, descubren varios orificios en la pared, a través de los cuales penetra la luz del día.

—¡Somos libres! —exclama Carlos.

Pati le pone la mano sobre el hombro y le dice:

—No te alegres tan pronto, querido hermano.

Los Gutiérrez se encuentran en la más grande de todas las cámaras por las cuales han pasado hasta ahora: es tan grande como una bodega de vino y un cuarto de lavandería juntos. La inspeccionan y concluyen que seguramente es una enorme central técnica. Por todas partes hay grandes palancas de hierro con las cuales es posible acoplar las ruedas dentadas al eje de la rueda hidráulica y poner en movimiento un mecanismo oculto. Lo más extraordinario de todo es cierto tipo de instalación eléctrica. Una fila de ruedas dentadas une el eje de la rueda hidráulica con una caja metálica tan grande como un contenedor de barco. Suponen que allí se encuentra algo así como un dinamo gigante que sirve para producir electricidad o una minicentral transformadora. Por detrás de la enorme caja metálica salen otros cables gruesos que desaparecen en el piso. En una pared metálica alguien pintó un enorme rayo amarillo y debajo escribió: "Cuidado, alta tensión".

—Esta es una verdadera fuente de electricidad —dice Carlos—. Pero me gustaría saber adónde conducen los cables y qué acciona la corriente. Miren, ahí, en la rueda hidráulica, hay algo escrito: "Ven tiempo, ven rueda".

—¿Y eso qué quiere decir? —pregunta Pati.

Muy pensativo, Pedro Gutiérrez le contesta a su hija:

—Cuando pienso en el laberinto completo, con todas sus habitaciones, pozos y cámaras y con su técnica y sus acertijos, me da la impresión de que se tratara de un depósito de contrabandistas o de un despacho comercial. Nosotros no tenemos ni la menor idea de qué trayecto nos falta recorrer todavía en este laberinto. Y ahora estas citas ingeniosas que involucran la rueda... Suena un poco como a filosofía. Tal vez tras toda esta cosa exista una orden antigua, un grupo secreto o una secta.

—¿Y aquí también hay un acertijo? —pregunta Pati, que comienza a hartarse de todo esto. No obstante la débil luz, ella y Cristina han intentado investigar si los orificios en la pared junto a la rueda ofrecen una salida de escape. Pero no hay tal posibilidad, para su desgracia.

Además, si les fuera posible escurrirse por uno de esos agujeros, no conseguirían asirse a la empinada pared rocosa. Posiblemente se despeñarían y terminarían ahogándose en un remolino del río Pesquisa.

Por sugerencia de Pati, buscan el acertijo y pronto lo encuentran:

Un granjero tenía cuatro carneros que no se toleraban entre sí y debía encerrarlos en cercas individuales. Había hecho las cercas con trece piezas del mismo largo exactamente. Pero luego compró otros tres carneros que también tenía que encerrar en cercas individuales. Como no tenía dinero para comprar nuevas piezas, usó una pieza que encontró en el cobertizo. Con ella pudo resolver su problema. ¿Cómo?

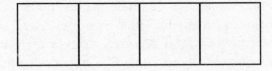

Los Gutiérrez construyen un modelo con las barras que encuentran a su alrededor y resuelven el acertijo. Luego buscan cómo salir de esa central técnica. Cerca del punto donde una pesada puerta de hierro les indica que tras ella ha de estar el pasadizo que lleva al pozo central, encuentran en el suelo una vía de acceso.

Cámara 36 : Acertijo 2

Una escalera de caracol conduce hacia abajo. En la baranda hay una placa de metal con una flecha que señala también abajo. En la placa está escrito:

¿En qué dirección corre el río Pesquisa?

—Esta es realmente una buena pregunta —elogia Pedro—. Si no me supiera la respuesta, sería muy difícil contestarla.
—Papá, creo que con tus bocetos y conociendo la ubicación del despacho de aduanas, yo también puedo resolver este acertijo —dice Pati.
Pedro le da la razón.

Cámara 37 : Acertijo 1

Bajan un par de escalones y de repente se encuentran en un nicho que conduce a un pasadizo oscuro y húmedo.

—¿Saben dónde estamos? —pregunta Cristina—. ¡En este momento estamos atravesando el río Pesquisa!

Sus pasos resuenan en el largo pasadizo de paredes húmedas. De las paredes brotan arroyuelos que fluyen hacia abajo. Hace frío y el ambiente no es agradable. Los Gutiérrez se apresuran a seguir adelante.

Luego de un corto trayecto en el pasadizo, se topan con un gran nicho que tiene una ventanita. Carlos se asoma y descubre un largo pozo que conduce hacia arriba. En el nicho, junto a la ventana, hay una mesa. Sobre ella hay una caja de madera grande con un candado de combinación numérica. En la caja está escrito: "Para ustedes".

—Esto sólo puede provenir de Guasón —comenta Pedro.

Carlos toma la caja y la revisa, mientras Cristina y Pati iluminan el nicho; no descubren nada.

—Mira debajo de la caja —le sugiere Pedro a su hijo. Carlos voltea la caja y encuentra el siguiente acertijo:

Juntos, José y Juan tienen 12 años. Juntos, José y Joaquín tienen 16 años, mientras que Juan y Joaquín juntos tienen 18 años. ¿Cuántos años tiene cada muchacho?
Acomoda los números en el mismo orden en que se mencionan los tres muchachos.

—Ahora necesitamos al genio de las matemáticas —dice Carlos, llamando a su hermana; Pedro ya ha comenzado a sumar.

—Puedo resolver el problema —dice Pati—, ¿pero qué hacemos con la respuesta?

Carlos analiza el candado de combinación numérica y responde:

—Necesitamos una respuesta de cuatro números. Este candado tiene cuatro rueditas.

—¡Listo, ya la tengo! —contesta Pati.

—¡Yo también! —exclama Pedro.

Padre e hija comparan sus respuestas, acomodan las rueditas del candado y la caja se abre.

—¡Otra carta! —exclama Cristina, desilusionada—. No hay duda de que a Guasón le gusta escribir. Lee tú, Carlos.

Carlos toma la carta y lee:

Sorprendente, pero cierto. Hasta ahora lo han conseguido. Debo confesar que esto me molesta un poco y al mismo tiempo me produce cierta admiración. Por esta razón, cuelgan de la siguiente puerta, a manera de premio, dos linternas y algo de comida. Tal vez sea su última comida, porque ahora el camino vuelve a ser cuesta arriba, ¡aunque a ustedes les parecerá un entierro!

No saldrán airosos de la última parte del laberinto de los acertijos, ¡eso es imposible!

He aquí una prueba de lo que les espera. En la próxima puerta encontrarán un acertijo matemático.

¿Qué deben hacer para que la suma funcione? ¡Que se les rompa el coco!

Atentamente,
Guasón R.

Los Gutiérrez se miran unos a otros, perplejos. Pedro sugiere avanzar hasta la próxima puerta y comer algo primero. Pati va adelante iluminando el pasadizo. Se detienen frente a la puerta donde, en efecto, hay una bolsa con comida. Todos toman algo mientras miran la extraña suma. Es así:

Cámara 37 : Acertijo 2

$$
\begin{array}{r}
47 \\
21 \\
23 \\
91 \\
9 \\
\hline
100
\end{array}
$$

¿Qué se necesita para que esta suma funcione?

Mudos, se miran los unos a los otros. Ninguno se sabe la respuesta. Pero la puerta sólo se abre con la solución del acertijo. Pedro se come en silencio un banano, mientras Carlos mastica nervioso una manzana. Cristina le dice a Pati:

—Come tú también algo, o vas a ponerte como un palillo.

Pedro se queda pensativo, e instantes después dice:

—¡Exactamente, eso es!

Ya tiene la solución, y la puerta se abre.

Cámara 38 : Acertijo 1

Tal y como Guasón les anticipó, encuentran una pendiente. Se trata de un pasadizo inclinado en forma de escalera de caracol, pero sin escalones y muy ancha. Carlos se lanza de primero por esa rampa. Todos lo oyen gritar.

—¡Carlos! —exclaman Cristina y Pedro al unísono, y se apresuran a ver qué le pasa.

Carlos está en una cámara grande, pálido del susto. Ante él bosteza el abismo en el cual entuvo a punto de precipitarse. En la pared, a la derecha y a la izquierda de la entrada a la cámara, hay cinco compartimentos numerados; en cada uno está escrito: "Cuidado, alta tensión".

—¡Miren! —dice Pati, señalando un botón que dice "Inicio" a la entrada de la cámara. Pedro se aventura y lo presiona.

De inmediato resuena en la habitación la voz amenazadora de Guasón:

—¿Todavía no se han electrocutado? ¡Lástima! Sólo pueden cruzar el abismo usando una tabla larga y gruesa que está en uno de esos compartimientos. Los demás compartimentos están conectados a la línea de alta tensión, ¡así que no les aconsejo que los toquen! Resuelvan el acertijo y sabrán en cuál compartimiento está la tabla.

Si dos son un par y tres son un grupo, ¿qué son cuatro y cinco?

Cristina se ríe:
—¿Qué? ¿Acaso Guasón nos está tomando el pelo?

A continuación se dirige a uno de los compartimientos, lo abre y toma la tabla que necesitan. Pati mira a su hermano. Él simplemente se encoge de hombros. Pedro, como siempre, escribe la solución del acertijo en su libreta de apuntes. Le sonríe a su esposa y luego le ayuda a arrastrar la tabla.

Cámara 39 : Acertijo 1

Esta vez encuentran una escalera de caracol verdadera, que conduce a otra puerta arriba.

—Indudablemente a Guasón le encantan las puertas cerradas. Pero normalmente nos indica cómo se abren —comenta Pedro—. Miren a ver qué encuentran, ¿de acuerdo?

Ni él ni Cristina, ni Pati ni Carlos descubren pista alguna. En la puerta hay una cerradura, pero nada más. Nada, nada que les diga cómo seguir adelante.

Pati se da por vencida y se sienta en el suelo. Carlos toca la puerta aquí y allá, la patea y... de repente la puerta se abre.

—No estaba cerrada —dice, desconcertado.

—¿Y qué hay detrás? —pregunta Cristina.

—No me lo van a creer: ¡otra puerta! Pero en esta puerta hay algo escrito —añade.

Sobre ustedes hay una balanza cuyo brazo izquierdo conduce a un abismo; además, trae la llave para abrir esta puerta. Pero eso sólo ocurre si depositan la letra correcta en el platillo derecho de la balanza. Deben lograrlo al primer intento. Si se equivocan, la llave caerá en el abismo. Pueden escoger entre las letras A, S, N, R, E. Las letras cuelgan de la puerta. ¿Cuál letra está presente de lunes a viernes, pero no el sábado ni el domingo?

Silencio entre los presentes.

Cristina mira a su esposo, dudosa:

—Tal vez ahora la cosa comience a complicarse demasiado. ¿Y si nunca logramos salir de aquí y terminamos como el esqueleto?

Pedro la reconforta con un abrazo:

—No te preocupes, no vamos a desfallecer, y hasta ahora hemos podido descifrar todos los acertijos. Además, he anotado todo en mi libreta de apuntes en el orden preciso. ¡No nos puede pasar nada! ¡Este acertijo también lo vamos a resolver! —dice, tratando de infundirle ánimos a su familia.

Tal demostración de confianza inspira a Carlos. Mira la libreta de apuntes de su papá, piensa un momento y toma con resolución una letra, que pone sobre el platillo de la balanza. Al ver que no pasa nada, el alma se le va al suelo.

—Oh, no... —se lamenta Pati—. Aquí termina todo...

Pero entonces escuchan un crujido y ven salir una llave oxidada por el tubo del brazo izquierdo de la balanza. Carlos está radiante.

—¡Era muy sencillo! —dice, metiendo la llave en la cerradura y abriendo la puerta.

Cámara 40 : Acertijo 1

La siguiente cámara es circular y difícilmente alcanzan a iluminarla con sus antorchas.

—¡Este es un verdadero salón! —se maravilla Pedro—. Igual que la cámara al otro lado, seguramente era un depósito de mercancías.

Cristina, que ya está adentro del salón, dice desde el otro lado:

—¡Pero no hay puerta ni pasadizo!

Todos se miran, perplejos.

—¿Ya estamos en la cámara de la salida?
—pregunta Carlos.

—No creo —contesta Pedro—. Antes bajamos mucho y todavía no hemos vuelto a subir lo suficiente. Sigan buscando.

No hay orificios ni acertijos en la pared, así que Pedro propone hacer una pausa.

—¡Por fin! —se alegra Carlos.

Se sientan en el suelo y beben un poco del agua que Guasón les dejó.

Pati se acuesta en el suelo para descansar, pero su mirada vaga por el techo. Entonces descubre algo:

—¡Miren, allí arriba! Parece que hubiera un hueco. ¡Papá, ilumina allá!

Pedro toma la linterna e ilumina el techo. En efecto, hay un hueco redondo a través del cual podría pasar una persona. Pero el techo está muy arriba.

—Seguro que hay varios metros hasta allá —dice el profesor—. ¿Cómo vamos a subir al techo sin una escalera? —Cristina lo mira, perpleja—. Por aquí debería haber un acertijo escondido. Pero no hay nada. ¿Cómo vamos a trepar hasta allá?

—¡Busquemos bien! —pide Pedro.

Carlos y Pati se arrastran por el suelo lentamente, uno al lado del otro. Con las dos linternas, iluminan el piso centímetro a centímetro. Luego revisan las paredes. Nada, absolutamente nada. Ningún orificio, ningún botón, ninguna puerta.

—Lo único que hay en el piso son unas irregularidades —comenta Pati, mostrándoselas a sus padres.

Pedro las cuenta:

—¡Cuatro! Tal vez eso tenga algo que ver con todo esto, porque nosotros somos cuatro.

Carlos se para en medio de la habitación.

—Voy a ensayarlas todas. Veamos qué pasa cuando las toque.

Se para sobre dos de ellas y luego se deja caer hacia delante y las toca con las manos.

—Nada —dice Pati.

—No, escucha —corrige Cristina—: por allá cruje algo.

Todos prestan atención.

—¡El techo se está viniendo abajo! —grita Pati—. ¡Nos va a aplastar! ¡Rápido, Carlos, suelta eso!

Carlos se aparta de un salto, pero el techo sigue descendiendo directamente sobre ellos. En ese momento se derrumba la puerta por donde entraron en la cámara. Horrorizados, miran arriba: ¡el techo está cada vez más cerca!

—¡Rápido! —grita Pedro—. ¡No nos podemos dejar aplastar! Pati, tú te pondrás de primera debajo del hueco y tomarás las antorchas. Carlos, hazte junto a ella. Cuando el agujero esté sobre ustedes, a la altura de sus hombros, brinquen bien arriba para que su mamá y yo podamos acomodarnos debajo y trepar también. ¡Rápido!

Y así lo hacen. Cuando Carlos y Pati ya tienen la cabeza metida dentro del agujero, trepan velozmente y les ayudan a sus padres a trepar también. Resollando, ven cómo el techo se aproxima al suelo.

—¡Uf! ¡Eso estuvo cerca! —resuella Pedro, limpiándose el sudor de la frente—. ¿Todos están bien?

Cristina, Pati y Carlos asienten.

Cámara 41 : Acertijo 1

A continuación se vuelven. Naturalmente la cámara en sí no se ha modificado, pero ahora se observa una mesita redonda, sobre la cual hay una hoja de papel. Cristina intenta leerla.

—¡Aquí no dice nada! ¡Tampoco por detrás de la hoja!

Pedro, Pati y Carlos miran la hoja.

—Nada —confirma Pedro—. Miren si hay otras hojas por ahí.

Pero no hay nada.

En un nicho que habían pasado por alto descubren varios dibujos de peces. ¿Qué pueden significar? Miran otra vez el papel en blanco.

—Tal vez sea un mensaje secreto —sugiere Carlos.

—¡Claro, Carlos, eres un genio! —lo elogia su padre, tomando la hoja en una mano y una vela en la otra. Sostiene el papel de modo que este se calienta, pero no se quema—. Observen: ahora sí podemos leer.

Carlos toma la hoja y lee:

Un truquito este pez tiene que no todo el mundo sabe: si a su nombre le quitas la ene, va y se transforma en ave.

Pedro se ríe.

—Si Guasón piensa que somos tontos, está muy equivocado. Yo mismo incluí ese acertijo hace treinta años en mi primer libro de acertijos. Seguramente quiere ver si todavía me acuerdo —Pedro vuelve a reírse—. No hay duda de cuál pez se trata —dice, y toca el dibujo que lo simboliza.

Junto a ellos, parte del muro se pliega y se transforma en una escalera. Prosiguen por esa escalera que, a su vez, se convierte en una escalera de caracol. En un saledizo estrecho la escalera se interrumpe. La puerta se cierra tras ellos.

Cámara 42 : Acertijo 1

—Tengo hambre. Y sed —dice Pati, sentándose en el suelo, en la penumbra —. ¿Lograremos algún día salir de aquí? Este laberinto parece no acabarse nunca.

Cristina se le acerca y la abraza.

—Pedro, hagamos una pausa. Yo también estoy un poco cansada.

Cristina toma la linterna de Pati y la apaga. Sólo está prendida la linterna de Pedro, que arroja una luz tremulante sobre el pequeño rellano de la escalera.

—Descansen ustedes un poco. Yo buscaré entre tanto el siguiente acertijo que nos tiene preparado Guasón —contesta Pedro, revisando la pared.

Minutos después, Pedro encuentra el acertijo pegado detrás de la puerta que se cerró. Lo lee en voz alta:

¿Qué animal está en el centro del purgatorio?
¿Cuál letra está antes y después de ese animal?

Pedro anota la pregunta y se sienta con los demás. Cristina reflexiona en voz alta:

—La respuesta no es difícil, ¿pero qué hacemos con ella? ¿Cómo seguimos adelante?

—Si pudimos resolver el acertijo con simple lógica —opina Pedro—, entonces también debemos ser capaces de encontrar la salida de este sitio con simple lógica. Porque debe de haber una salida. Si no está en el piso, las paredes, la escalera o el techo, entonces hay que revisar minuciosamente los rincones.

Pedro le entrega a Carlos su antorcha, se dirige a un rincón del recinto y lo registra con la mano. Y efectivamente, encuentra una palanquita que se deja mover con facilidad.

Cámara 42 : Acertijo 2

Cuando Pedro mueve la palanca, sale a la altura de su pecho, tan rápido como el viento, un brazo de hierro que lo aprisiona contra la pared. De repente, parte de la pared se convierte en una puerta que gira sobre sí misma a toda velocidad. Antes de que Pedro se dé cuenta de lo que está pasando, el brazo de hierro lo ha soltado otra vez. El profesor vacila. La habitación está totalmente oscura y no puede ver nada.

—¡Maldita sea! —ni siquiera lleva consigo su linterna. Golpea la pared y grita—: ¡Cristina, Pati, Carlos! ¡Aquí estoy!

Pero sus gritos no surten ningún efecto. Las paredes son muy gruesas y nadie lo oye.

Mientras las explora con la mano, oye un crujido detrás suyo.

Súbitamente se encuentra frente a Carlos, que lleva en la mano una linterna.

—Vi cómo te desapareciste e hice lo mismo que tú —le explica a Pedro—. En el rincón hay una palanca. Yo sólo la moví un poquito.

Pedro asiente:

—Yo también hice lo mismo. Pero ahora tenemos que irnos de aquí. Gracias a tu linterna ya podemos ver algo. Mira qué dice en la pared giratoria:

Tiene ojos de gato y no es gato; orejas de gato y no es gato; patas de gato y no es gato; rabo de gato y no es gato.

¿Qué es?

—Este es un viejo acertijo —comenta Pedro—. Por suerte me sé la respuesta.

Debajo del acertijo, en la pared, están las letras del alfabeto. El profesor Gutiérrez presiona las letras correspondientes a la respuesta. La pared gira súbitamente otra vez, y padre e hijo se encuentran de nuevo donde los esperan Cristina y Pati.

Cámara 42 : Acertijo 3

—¡Ya están aquí! —dice Cristina con alivio, y todos se abrazan, felices.

—Lo malo es que no hemos adelantado nada —comenta Pati, desanimada—. ¿Cómo salimos de este sitio?

Pedro la tranquiliza:

—Si en un rincón hay una puerta secreta, es posible que en los otros rincones haya otras puertas secretas. Vamos a inspeccionar juntos el rincón de enfrente.

Pedro busca otra palanca y, en efecto, también allí encuentra una. La mueve y toda la pared frente a ellos gira. En una segunda pared detrás de la pared anterior están escritos, bien grandes, los números del 1 al 100. Debajo dice:

¿Cuántos cortes de un metro de largo es posible hacer en una cuerda de 100 metros de largo?

—Eso es sencillo —dice Carlos—. A Guasón se le están acabando los acertijos difíciles.

Cristina asiente.

—Sí, es fácil.

Pedro está de acuerdo con ellos, y oprime uno de los números. La pared antes descrita se desliza hacia un lado. De nuevo se encuentran en un pasadizo que comunica con la siguiente cámara.

—Uno se siente aquí como en una rueda para hámsteres —comenta Carlos—. Siempre vamos en círculo.

Cámara 43 : Acertijo 1

—Me alegro de que tú contestaras —le dice Cristina a Pedro—. Yo hubiera escogido otra respuesta.

Pedro se ríe.

—No conviene subestimar a Guasón. Él puede ser muy malvado, incluso cuando supuestamente nos pone acertijos fáciles que, sin embargo, exigen pensar con cuidado.

Carlos, entre tanto, ha entrado en la siguiente cámara:

—Oh, oh, la cosa se va a poner difícil ahora —dice—. Otra vez tenemos que sumar.

Pati se acerca.

—¿Qué quieres decir?

Carlos le entrega un voluminoso atlas que
acaba de encontrar.

—Lee lo que dice en la cubierta del atlas:

¿Qué número falta aquí?

4   9   17   35   ?   139

Pedro frunce el ceño.

—Esto es pedirme demasiado en este momento —comenta—. Pero cuando uno no
sabe algo, debe sentarse y pensar con calma
—todos se sientan en el suelo y miran el atlas,
sin saber qué hacer—. Bueno, ¿y por qué hay
un atlas aquí, en primer lugar? —pregunta a
continuación Pedro, tomando el libro y dán-
dole vuelta. En la contraportada descubre
otro acertijo.

Cámara 43 : Acertijo 2

Nueva York Shanghai Lasa Delhi El Cairo
Houston Oslo.
¿Cuáles ciudades no encajan en esta lista?

Cámara 43 : Acertijo 3

inicial + inicial = el camino

Todos se miran, perplejos.

—No tengo ni idea de qué pueda significar esto —dice Carlos.

—Y yo menos —dice Pati.

Tampoco Cristina parece más optimista, y le dice a su esposo:

—Creo que ahora sí llegó la hora de poner a prueba la inteligencia y capacidad de deducción del ganador del Signo de Interrogación de Oro. Y a propósito, ¿dónde está tu trofeo, Pedro?

—No tengo ni la menor idea. Con todo el jaleo que hubo, debí perderlo. Pero eso no es tan importante. Tratemos mejor de resolver este acertijo. Seamos metódicos —le contesta a su esposa, mirando todo otra vez—: Primero que todo, el primer acertijo. Déjame pensar... —toma su libreta de apuntes, escribe algo y encuentra el número que hace falta—. Listo —dice, después de un par de minutos—, el número ya lo tengo.

—Claro, cuando uno se sabe la respuesta, todo le parece fácil —comenta Pati—. ¿Y las ciudades?

Pedro mira el atlas y también encuentra la solución.

—Y ahora la última pregunta, que ahora es bastante sencilla —añade, y les aclara a todos su respuesta.

—¡Bravo, papá! —lo elogia Carlos—. ¿Y ahora qué hacemos? El pasadizo continúa, pero hay una reja con gruesos barrotes de hierro.

Los Gutiérrez se aproximan y examinan los barrotes. No hay cerradura, nada. En los seis barrotes está escrito, alternado:

SÍ, NO, SÍ, NO, SÍ, NO.

Pedro toca tres de los seis barrotes, uno después del otro, e invita a su familia a continuar.

Cámara 44 : Acertijo 1

—¡El próximo acertijo nos espera! —exclama Pati.

Los Gutiérrez avanzan hasta la siguiente cámara y la revisan. Con sus paredes pintadas de blanco, esta cámara les parece muy amistosa.

—Incluso hay ventanas —dice Cristina—. Claro que es un engaño porque son pintadas.

Detrás de una cortina hay una puerta que conduce a la cámara siguiente. La puerta está bien cerrada.

—Lógico —comenta Carlos—. De lo contrario, Guasón no sería Guasón.

Sin embargo, no encuentran ningún acertijo. En lugar de eso, junto a la puerta ven seis pequeños motores.

—Seguramente los motores abren la puerta —sugiere Pati.

—Conociendo a Guasón, sólo uno de los motores la abre. No debemos tocar los demás —aventura Pedro.

—Pero, ¿cuál motor, entonces? —pregunta Cristina.

—¡Miren, lo que cuelga aquí no son las instrucciones de manejo de los motores sino el acertijo! —dice Carlos, y les muestra a los demás la hoja:

A C CH E F ? M N Z

¿Cuál letra falta en esta secuencia?

Estos son motores de explosión. Uno abre la puerta, los demás explotan.

—Guasón está consiguiendo sacarme de quicio —refunfuña Carlos.

Su padre lo tranquiliza:

—Cuando hayamos descifrado todos los acertijos y encontrado la salida, va ser él quien se salga de sus casillas. ¡Va a explotar de la furia! —dice, y examina los motores, que llevan escritas diversas letras—. Falta cualquiera de las siguientes letras —concluye—: G, H, I, J, K, L. Esto ya es algo.

Cristina se aproxima a Pedro y observa el acertijo, y entre ambos intentan resolverlo. Finalmente ella encuentra la solución. Acciona el motor correspondiente y... *cric, crac*..., la puerta se desliza hacia un lado. Y tal y como les ha ocurrido ya tantas veces, se quedan inmersos en la oscuridad.

Cámara 45 : Acertijo 1

Pedro sostiene en lo alto su antorcha, en medio de la oscuridad, y ve un pasadizo que describe una curva hacia la derecha. Avanza lentamente e ilumina un nicho. De repente, con el rabillo del ojo, alcanza a distinguir una lucecita que se mueve.

—¡Silencio! ¡Quédense quietos! —cuchichea.

Inesperadamente, se echa a correr detrás de la lucecita. Cada vez se le acerca más. Cree reconocer a un hombre que lleva en la mano una linterna. Si es una persona, sabe que la están siguiendo. Comienza una persecución agotadora por el sinuoso pasadizo, que ahora describe una curva hacia la izquierda.

El profesor es bastante rápido y cada vez está más cerca de la luz. Ya casi la alcanza, cuando, de repente, se abre ante él una puerta que, rápidamente, se cierra de nuevo. Con todo ímpetu se precipita hacia delante, pero la puerta le da en las narices.

—¡Maldición! —exclama.

De todos modos algo consiguió con la persecución: a sus pies está la linterna que llevaba su perseguido. La recoge del suelo y regresa a donde está su familia. Cristina, Pati y Carlos salen a su encuentro, y él les cuenta su aventura.

—No puede haber sido otro que nuestro amigo Guasón —dice Carlos.

—Yo también pienso lo mismo —afirma Cristina.

—Al menos algo bueno sacamos de esto —comenta Pedro—: Pati, ten, aquí tengo algo para ti —dice, entregándole la linterna.

La lámpara de Pati acababa de expirar.

—¡Qué bien! —se alegra ella—. Ahora podemos ver mejor.

Cristina asiente, y añade:

—Es evidente que el señor Guasón nos está observando.

—Eso no importa —responde Pedro—. Ya no me cabe la menor duda de que sí lograremos salir de este laberinto. ¡Así que adelante!

Cristina, Pati y Carlos no se sienten tan seguros como Pedro, pero continúan adelante y llegan hasta la puerta por donde desapareció Guasón. La puerta no tiene picaporte, pero sí un orificio de comunicación. El acertijo está en la puerta:

Crece y se achica y nadie la ve; no es fuego y se apaga, adivina qué es.

—Como siempre —dice Carlos—, cuando uno se sabe la respuesta todo le parece fácil. Sólo que yo no me la sé.

Todos se miran, perplejos. Pedro lee el acertijo una vez más.

—Claro... —dice, contento—. ¡Eso es!

Dice la respuesta por el orificio de comunicación en la puerta y, ¡brum!, esta se abre.

Cámara 46 : Acertijo 1

Si la familia Gutiérrez esperaba encontrar otra cámara completamente oscura, entonces se equivocó. La claridad deslumbrante en este recinto los obliga a cerrar los ojos. La luz es tan penetrante que les hiere la vista. Automáticamente, todos se tapan los ojos con las manos.

—Permanezcan de pie —les aconseja el profesor Gutiérrez, y a Cristina le dice—: Toma un poco de la mugre de la pared y engrasa con eso tus anteojos. Así tendrás una especie de gafas de sol. Haz eso primero, y luego sí abre los ojos. Carlos y Pati, ustedes mantengan los ojos bien cerrados.

Cristina restriega la mano contra la pared, humedece ese polvo con saliva y restriega la pasta contra sus gafas. Con mucha cautela, vuelve a abrir los ojos.

—Funciona —dice, contenta—. Veo una habitación grande. En medio hay un tablero y a la derecha de nosotros hay cuatro escaleras numeradas, que conducen hacia arriba. Los voy a llevar hasta el tablero.

Una vez allí, lee lo que está escrito en la madera:

Hay gatos en un cajón, cada gato en un rincón; cada gato ve tres gatos, adivina cuántos gatos son.

—Pati, esto es para ti —le dice Cristina a su hija, volviendo a leer el acertijo—. Tú resolviste el acertijo en que preguntaban la edad de los jóvenes.

Después de un rato, Pati tiene la respuesta.

—Hay que subir por la escalera correspondiente —dice entonces Pedro—. Pero con cuidado, tal vez haya una trampa.

Cristina los conduce a la empinada escalera, que gira a la izquierda y conduce a una pequeña cámara oscura, separada de la habitación iluminada, mediante una pesada cortina.

—Ahora ya pueden volver a abrir los ojos —dice, limpiando muy bien sus anteojos.

Cámara 46 : Acertijo 2

Pedro se restriega los ojos y mira a su alrededor.

—Hay que admitir que la ventilación aquí abajo es increíblemente buena —comenta—. Quien sea que construyó este laberinto, pensó en todo.

Los demás asienten.

—Qué extraño fue eso de andar a ciegas —comenta Carlos—. Miren sobre la mesa: hay una máquina de escribir con una nota.

Junto a la mesa se encuentra un banco largo en el que todos se sientan. Carlos toma la hoja y lee en voz alta:

¿Qué hay en un minuto una vez, dos veces en un momento y ninguna vez en la eternidad? Hunde la tecla que corresponde a la respuesta.

—¡Uf! ¡Un acertijo filosófico! —rezonga Carlos.

—¿Qué dices? —Pedro no está de acuerdo—. Esto no tiene nada de filosófico. Es un acertijo muy sencillo.

Anota la respuesta en su libreta de apuntes y hunde la tecla correspondiente. En ese momento el banco en el cual están sentados da la vuelta y los cuatro son impulsados, como en un tren fantasma, contra una pared que se abre ante ellos y se vuelve a cerrar.

Cámara 47 : Acertijo 1

De un resbalón, llegan cuesta abajo a una cámara tan llena de polvo que todos comienzan a toser. El polvo no permite iluminar bien la habitación con las lámparas y antorchas. Difícilmente consiguen abrir los ojos.

—¡Miremos rápido qué hay aquí! —chilla Cristina—. ¡Tenemos que salir de este cuarto!

Pedro señala adelante:

—Ahí hay un tablero —dice.

Cristina avanza hacia el tablero y comenta, tosiendo:

—Es el mismo tablero de antes. El del acertijo de los gatos.

Eso no parece preocuparle a Carlos:

—Ah, bueno, pues como ya resolvimos ese acertijo, podemos seguir.

—No, porque aterrizaríamos otra vez en la habitación con la máquina de escribir y luego aquí otra vez y luego allá otra vez... —replica Pati.

Pedro asiente:

—Pati tiene razón. Así no puede ser. Pero miren bien, porque ahora hay otro acertijo en el tablero. ¿Será también otro tablero?

¿Cómo se llama el legendario joven griego que se escapó del laberinto de Creta con su padre, el gran inventor de Atenas, y luego murió ahogado en el mar?

—¡Ni idea! —dice Carlos, tosiendo como un loco.

Cada vez hay más polvo. Parece que alguien hubiera puesto a funcionar en reversa la aspiradora y la mugre estuviera siendo expirada en la habitación. Los Gutiérrez tosen cada vez más fuerte.

Tomando una rápida decisión, Cristina reúne a su familia y corre con ellos a una de las cuatro escaleras que vieron antes y que ahora están marcadas con las letras f, g, h, i, y pronto se encuentran en un recinto donde pueden respirar aire puro. Se acomodan en los asientos que encuentran allí y ella les explica la respuesta del acertijo.

—¡Qué bien, mamá! —la felicita Carlos. Pati estornuda un "Bravo, mamá".

—Primero Guasón se nos adelantó y luego anduvo a espaldas nuestras para escribir el acertijo del tablero. ¿Cómo lo hará? —pregunta Pati.

—No tengo ni la menor idea —murmura Pedro.

Cámara 48 : Acertijo 1

Los Gutiérrez descansan un poco y se refrescan las polvorientas gargantas con un poco del agua de la cantimplora de Guasón.

Carlos mira a su padre y le pregunta:

—¿Qué dijiste tú hace un rato sobre el sistema de ventilación de este laberinto? ¡Ni hablar de buena ventilación!

Pedro se ríe.

—Bueno, la verdad es que lo del polvo estuvo bien pensado. Pero eso fue obra de Guasón. Y ahora, vámonos —añade—. Veamos qué encontramos.

Entre todos buscan un acertijo en la habitación, pero no encuentran nada. Sólo hay cuatro paredes y una puerta.

—Ni para qué intentamos salir por esa puerta —dice Carlos—. Está cerrada y sólo la abre la respuesta correcta.

—¿Pero dónde está el acertijo? —pregunta Pedro—. ¿Ustedes ven algo?

Todos miran a su alrededor. En el momento en que Pedro se levanta de su asiento, nota que hay algo escrito en él.

—Aquí —dice, señalando una palabra en cada asiento—. Primero tenemos que organizar las sillas —anade.

Entre todos las mueven de aquí para allá e intentan darle sentido a la frase. Finalmente lo consiguen.

¿Con ayuda de qué logró salir del laberinto de Creta el joven de la pregunta anterior?

—Ahora sólo nos falta la respuesta —dice Pati, y lee en voz alta otra vez la pregunta, ya ordenada—. ¿Y ahora? —pregunta.

—¿Y ahora? —pregunta también Carlos.

—Y ahora... he aquí la solución —dice Pedro, radiante. Se dirige a la puerta y dice la respuesta en voz alta. Pero no pasa nada. Repite una vez más la respuesta, y otra vez. Nada. La puerta permanece cerrada. De la rabia, intenta jalar el picaporte, pero no puede hacerlo porque no hay picaporte. Le da una patada a la puerta y entonces... esta se desploma. Por fortuna, la puerta cae hacia el otro lado; de lo contrario lo habría golpeado en la cara.

Cámara 49 : Acertijo 1

A continuación ven una escalera.

—Vengan —anima Pedro a los demás—, subamos —y todos lo siguen por la escalera. Pati ilumina con su linterna y Pedro con la antorcha, pero Pati apaga la linterna cuando ve en las paredes lucecitas de gas que alumbran el pasadizo. Casi rozan el techo con la cabeza—. Adelante —los vuelve a animar Pedro, y sigue subiendo. Pero llega un momento en que la escalera se termina abruptamente ante una pared. De repente, justo en medio, ¡se acaba la escalera! En la pared hay un letrero de madera que dice:

Pepe Cuinto contó de cuentos un ciento, y un chico dijo contento: ¡Cuántos cuentos cuenta Cuinto!

Pedro le dice a Carlos:
—Este no es un acertijo sino un trabalenguas. Léelo tú en voz alta, sin equivocarte.

Carlos se rasca la nariz, se rasca la cabeza, infla los carrillos y... finalmente lee.
—¡Ja, ja! ¡Guasón pensó que no lo íbamos a hacer bien!

Apenas Carlos termina de leer el trabalenguas, una pared comienza a rugir y se abre una puerta deslizante. Ellos entran.

Cámara 49 : Acertijo 2

Siguiendo una lejana curva a la izquierda, llegan a una rampa ligeramente cuesta arriba.

—Esto parece un estacionamiento —comenta Pedro.

Y tras una leve sinuosidad se encuentran, repentinamente, con una pared. En un tablero de madera está el acertijo.

Carlos se precipita sobre él, seguro de poder resolverlo, y lee en voz alta:

1. Un náufrago inglés es maltratado por enanos, atrapado por gigantes y finalmente rescatado.
2. Un náufrago va a parar a una isla desierta, se adapta a la vida allí y consigue un día de la semana como sirviente y amigo.
3. Una joven maltratada por sus hermanastras logra salir triunfante y, gracias a un zapato, se casa con un príncipe.
4. Una joven es envenenada con una manzana, cae en un sueño mortal, vuelve a despertarse y entonces encuentra la felicidad.

¿Cómo empiezan?

Cuando termina de leer, ve el asombro en los rostros de todos.

—¡No entiendo nada! —se queja Carlos—. ¡No vamos a poder resolver este acertijo!

Pati camina hasta el tablero de madera y lee el texto otra vez.

Por encima del hombro de Pati, Cristina lee a su vez:

—Creo que sé de qué se está hablando —dice—. Quiero decir, de quién. ¿Pero qué significa eso de "cómo empiezan"?

Pedro la tranquiliza:

—No te preocupes. Leeremos otra vez con cuidado, como todas las veces que ignoramos la respuesta. El profesor lee la primera parte.

—¿Quién se sabe esta?

Cristina contesta.

—Exacto —confirma él.

Cristina también sabe de quién se está hablando en el segundo, tercero y cuarto punto del acertijo.

—¿Pero cómo empiezan? —dice, desconsolada.

Pedro le hace un guiño:

—Muy sencillo. ¡Así! —y se lo dice.

—¡Ah, era eso! ¡Qué fácil!

Pedro dice en voz alta la solución del acertijo y ante ellos ruge, igual que antes, una puerta deslizante, que se abre. Adelante.

Cámara 49 : Acertijo 3

Uno detrás del otro, suben por el pasadizo a la izquierda. Poco después se encuentran de nuevo ante una pared, en la cual dice:

Madrid empieza con M y termina con T. ¿Verdadero o falso?

—Guasón nos da la bienvenida. Miren este acertijo —dice Pedro.

No pasa mucho tiempo antes de que Cristina tenga la respuesta:

—¡La tengo! —exclama eufórica, y dice en voz alta la respuesta.

Carlos se queda boquiabierto. Luego, igual que otras veces, encuentran en la pared un orificio.

Cámara 49 : Acertijo 4

Los Gutiérrez continúan su camino y suben hasta el siguiente saledizo, en el cual dice:

Verde como el campo,
campo no es;
habla como el hombre,
hombre no es.

Carlos y Pati se encogen de hombros.

—Eso es sencillo —dice Pedro.

Dice la respuesta en voz alta y, ábrete sésamo, la pared se desliza a un lado y los Gutiérrez pueden continuar adelante.

Cámara 50 : Acertijo 1

Esta vez llegan a un recinto tan grande que difícilmente consiguen iluminarlo. A mano derecha ven cuatro puertas, una junto a la otra. Y a medida que se acercan descubren sus nombres en las puertas: una puerta para Pedro, una para Cristina, una para Carlos y otra para Pati. Cada puerta tiene un orificio de comunicación. Sobre las cuatro puertas está escrito en letras grandes lo siguiente:

ADIVINEN UN ACERTIJO PRIMERO Y DESPUÉS EL OTRO. Si estuviera solo, estimado profesor Gutiérrez, sólo habría tenido que abrir una puerta. Pero como ustedes son cuatro, deben abrir cuatro puertas, UNA POR UNA. Primero Pati, luego Carlos, después Cristina y por último usted, Pedro. Sólo cuando se haya cerrado la puerta de Pati será visible el acertijo de Carlos, y así sucesivamente.

—De modo que así son las cosas —refunfuña Pedro—. ¡Qué cosas se le ocurren a Guasón! ¡Muy bien, adelante!
En la puerta de Pati está escrito:

Me abrigo con paños blancos,
luzco blanca cabellera
y por causa mía llora
hasta la misma cocinera.

—Si alguno de ustedes se sabe la respuesta, no la diga en voz alta. Tengo la impresión de que Guasón nos puso una trampa otra vez —aconseja Pedro a su familia—. Seguramente sólo debe decir la solución la persona para quien Guasón pensó el acertijo.

Cristina le sopla algo al oído a su esposo, y él asiente.

Pedro, a su vez, le sopla al oído la respuesta a Pati. Ella la dice en voz alta en el orificio de comunicación, la puerta se abre y Pati entra.

Cámara 50 : Acertijo 2

Cuando la puerta de Pati se cierra, se abre en la puerta de Carlos una ventanita. Entonces ven el acertijo. Cristina lo lee:

No son flores,
pero tienen plantas
y también olores.

Carlos se pone contento:

—¡Esta me la sé! —dice, y susurra la respuesta al oído de su padre. Pedro asiente y a continuación Carlos contesta la adivinanza en voz alta en el orificio de comunicación. La puerta se abre y él entra.

Cámara 50 : Acertijo 3

—Ahora mi puerta —dice Cristina, y lee el acertijo—:

Los animales suben en el arca de Noé en este orden: águila, araña, ante, burro, buey, camaleón, cordero, caballo, chigüiro, flamenco, delfín, elefante, y muchos otros más. ¿Cuál de estos animales fue demasiado impaciente?

—Está difícil... —comenta Cristina—. ¿Te sabes tú la respuesta, Pedro?

Pedro niega con la cabeza.

—Todavía no. Estoy pensando.

Después de un rato, Cristina dice:

—¿Qué opinas de esta respuesta? —le dice al oído a Pedro cuál animal, en su opinión, fue demasiado impaciente.

—¡Correcto! —exclama él.

Cristina dice entonces el nombre del animal en voz alta en el orificio de la puerta. La puerta se abre y ella desaparece. Ahora Pedro está solo.

Cámara 50 : Acertijo 4

En su puerta dice:

Si una persona está en una habitación completamente oscura, cuyo piso, techo y cuatro paredes están totalmente cubiertos de espejos, ¿cuántas veces ve reflejada su imagen allí?

"Para este acertijo me serviría mucho la ayuda de Carlos, que siempre tiene buenas ideas, o la habilidad numérica de Pati. Pero me va a tocar resolverlo a mí solo, no tengo otra alternativa", se dice Pedro.

El profesor Gutiérrez se rasca la cabeza y mira a su alrededor en la habitación oscura, imaginándose los espejos. ¡Y entonces encuentra la solución! La dice en voz alta en el orificio de la puerta, que rechina cuando se abre.

Cámara 51 : Acertijo 1

Pedro llega a un pasadizo débilmente iluminado, que conduce a una cámara en donde hay una mesa con cuatro asientos, en tres de los cuales lo esperan Cristina, Pati y Carlos. El profesor se sienta con ellos.

Dos cosas pasan simultáneamente en ese momento: sobre sus cabezas se enciende algo así como un ventilador, y alrededor del estómago de cada uno de ellos se cierra un cinturón metálico, de modo que quedan atrapados.

—¡Miren ese ventilador! —grita Pati—. ¡Son cuchillas!

En efecto, las aspas del ventilador son cuchillas largas y anchas. Y para mayor infortunio, el ventilador está aproximándose lentamente en dirección a ellos. Como hechizados, Pedro y Cristina se quedan mirándolo.

—¡Rápido, hay que resolver el acertijo! —grita Pati, señalando el borde de la mesa, en donde está escrito este enigma—:

Hormiga, araña, abeja, polilla, mosquito. ¿Cuál de estos animales no encaja en la lista? Toca la palabra correspondiente.

La frente de Pedro se cubre de sudor. Mira el ventilador, y ve que no dista de sus cabezas más de medio metro.

—¡Rápido! —grita Cristina, sin apartar la vista de las cuchillas—. ¡Rápido, o será demasiado tarde!

Pedro piensa febrilmente. El sudor le recorre la frente. Luego dice en voz alta el nombre de uno de los animales, y toca esa palabra. Todos observan las cuchillas del ventilador, como hechizados. Este gira cada vez más lentamente y finalmente para. Tras un tirón rápido sube, y los cinturones de hierro liberan a los prisioneros. Pedro se enjuga el sudor de la frente con la mano.

Pati abraza a su papá.

—¡Espléndido, papá! ¡Lo hiciste muy bien! ¡Eres un campeón!

Los demás asienten.

Cámara 51 : Acertijo 2

Carlos se precipita sobre la puerta. Pero la puerta no abre; no cede ni hacia adentro ni hacia afuera.

—No abre —comenta.

—¿Por qué no? —pregunta Pati—. Nosotros resolvimos el acertijo...

Pedro y Cristina se acercan:

—Tal vez haya otro acertijo que la abra —sugieren.

En efecto. Junto a la puerta cuelga una cajita que Carlos, en su prisa, no vio. En la caja están escritas tres palabras:

ABANICO HIJO TUBERÍA
¿Qué tienen en común estas tres palabras?

Carlos las lee y se vuelve hacia sus padres. Pati se apoya en el hombro de su hermano y lee las palabras otra vez.

El profesor Gutiérrez carraspea, y dice:

—No tengo ni la menor idea. Pero, como siempre, en casos así hay que permanecer tranquilos y reflexionar —se rasca la cabeza, y comenta—: Parece un acertijo difícil. Pero donde hay un acertijo también hay una solución, dice el dicho. Así que sigamos pensando.

Después de un rato, Cristina comenta:

—No logro encontrar la relación entre estos tres conceptos.

Pedro la mira.

—¿La relación entre estos tres conceptos? Um... tal vez esa sea la solución. Porque en últimas, la pregunta es "qué tienen en común estas tres palabras". Palabras, no conceptos. Veamos... —se rasca la cabeza, mira las palabras una vez más y de repente dice—: ¡Claro, ya lo tengo! Las palabras constan de letras y las letras son parte del alfabeto. Esa es la solución.

Se dirige a la puerta y dice la respuesta. Pero nada ocurre. La puerta permanece cerrada.

—¡Maldición! —reniega, golpeando la puerta y luego la caja. La caja se desprende de la pared y Pedro se queda con ella entre las manos—. Aquí hay otro acertijo —dice, señalando el respaldo de la caja.

—Deja ver —dice Cristina, tomando la caja. Y lee lo siguiente:

Cámara 51 : Acertijo 3

¿Es correcto que un hombre se case con la hermana de su viuda?

—Este acertijo va a ser tan difícil como el anterior —dice Pati, algo desanimada.

—Te equivocas —la tranquiliza Pedro—. Este me lo sé yo.

Pedro dice la respuesta en voz alta y la puerta se abre con un chirrido.

Cámara 52 : Acertijo 1

De nuevo se encuentran en un pasadizo que describe una leve curva hacia la izquierda. Por fortuna, la temperatura vuelve a subir un poco y el ánimo de Pati y Carlos mejora. Hacen chistes sobre Guasón y anticipan incluso lo que le harían si algún día logran ponerle las manos encima.

En cierto punto del pasadizo Carlos descubre una ventana. La abre, se asoma y ve el largo pozo que ya conoce.

—Seguramente es el pozo central para transportar la carga. Eso quiere decir que va desde bien arriba hasta bien abajo —comenta Pedro.

—Pero en esta parte del río no es tan complejo como del otro lado, cuando íbamos bajando —comenta Pati.

—Posiblemente porque esta es la parte más antigua del laberinto —le explica Pedro.

—Nosotros no hacemos otra cosa que avanzar hacia la izquierda y luego subir un poco —reflexiona Carlos—. Y desde aquí no se alcanza a ver el final del pozo —añade, retirándose de la ventana—. Además, ni siquiera podemos trepar por el pozo porque la pared es demasiado resbaladiza.

—Entonces sigamos —sugiere Pedro.

Pedro y Cristina van adelante y Carlos y Pati los siguen, hasta que se topan con dos puertas.

—¡Comienzo a detestar las puertas! —refunfuña Pati—. Cuando salgamos de aquí, no quiero ver ni una puerta más, ¡y menos si está cerrada!

Carlos se lleva una sorpresa cuando se acerca a la puerta de la izquierda.

—Está abierta —dice—. Miren esto:

Esta puerta está abierta, pero urge cerrarla. Dentro de un minuto exactamente va a llegar una roca gigantesca que los va a convertir en polvo. Sólo la puerta izquierda es capaz de contener la roca. Esa puerta tiene dos cerrojos, uno arriba y otro abajo, pero sólo uno de ellos funciona. Si desean saber cuál es, tienen que resolver el siguiente acertijo. Como siempre, deben lograrlo en el primer intento.

A		EF	HI		KLMN		T		VWXY
	BCD		G	J		OPQRS		U	

¿Dónde va la letra Z? ¿Encima o debajo de la raya? Dependiendo de la solución, utiliza el cerrojo de arriba o el de abajo.

De nuevo, todos se vuelven hacia Pedro.

—¡Debes resolver el acertijo, Pedro! ¡Pero rápido, por favor! —el "por favor" de Cristina no sobra, porque ya oyen el rugido de la enorme roca que se aproxima rodando. El ruido es cada vez más fuerte, más amenazador.

Blancos como la tiza, Carlos y Pati le dicen a su papá, ansiosos:

—¡Apúrate, la roca ya va a alcanzarnos!

Cuando el estrépito está tras la puerta, Pedro se mueve como picado por una tarántula. De un portazo, cierra la puerta y le da vuelta a uno de los cerrojos. ¡Y entonces oyen el golpe!

¡La roca embate la puerta, pero esta resiste!

—¡Uf! —exclama Carlos, dejándose resbalar de espaldas lentamente contra la pared, hasta quedar sentado en el suelo—. ¡Estuvo cerca!

Pati mira a su padre:

—Todavía no entiendo por qué escogiste ese cerrojo.

Pedro se lo explica y le ayuda a Carlos a levantarse.

—Andando, hay que seguir adelante —dice, mirando a su alrededor—. Si no es por esta puerta, habrá que seguir por la otra.

Cámara 52 : Acertijo 2

La otra puerta tiene tres picaportes marcados con los números 1, 2, 3.

—En la puerta no dice nada —comenta Carlos, mirando por todas partes.

Al principio no encuentran nada. Pero cuando Pati le da vuelta al picaporte, ve que el agarradero es un poco extraño: a un lado tiene una clavija pequeña, de la cual ella tira.

Detrás de la clavija hay una hoja de papel. Pati la lee:

Espero que encuentres el picaporte correcto en el viaje circular.

—¿Eh? ¿A qué viaje circular se refiere? ¿Dónde y cómo se supone que hagamos nosotros un viaje circular? —Carlos busca ayuda de su madre, pero ella se encoge de hombros, desconcertada.

—Valientes descifradores de acertijos resultaron ustedes —dice Pati, irónicamente—. Esto no puede ser más fácil.

Pati dice la respuesta, acciona el picaporte correspondiente... y la puerta se abre.

Cámara 53 : Acertijo 1

Otro pasadizo de intercomunicación los conduce hacia la izquierda. Los Gutiérrez encienden sus linternas.

—Aquí nos va a dar mareo —comenta Carlos.

—Supongo que, por decirlo así, vamos por el camino peatonal alrededor del pozo central por donde se transportaban las mercancías —dice Pedro—. Para ahorrarse un montón de escaleras en el laberinto, parece que construyeron una espiral alrededor del pozo central.

Cristina asiente:

—Y todas estas cámaras son los depósitos para las mercancías —añade.

Limpiándose la mugre de las uñas, Carlos pregunta:

—¿Y por qué hay tantos desvíos?

Pedro se encoge de hombros:

—Yo tampoco lo sé exactamente. Posiblemente algunas partes del pasadizo se obstruyeron y hubo que construir desvíos. Caminos alternativos, en forma de escaleras de caracol.

—Espero que por lo menos el constructor del laberinto terminara mareado —reniega Carlos—. Y Guasón también.

—Miren —dice Pati—. Por aquí se baja.

El pasadizo describe una curva hacia la derecha y conduce hacia abajo. Avanzan y llegan pronto a una enorme pila de agua. Lámparas en el techo iluminan con luz mortecina un botecito que está al otro lado de esa especie de lavadero.

—Necesitamos que el bote esté de este lado —dice Pedro—. Pero como Guasón pasó por aquí primero que nosotros, obviamente él usó el bote y ahora está de ese lado.

Pati mira alrededor.

—¿Y dónde está el acertijo?

Carlos señala el bloque de hierro que sirve para sujetar el bote:

—Ahí —dice.

Ajedrez y parqués. ¿Qué tienen en común estos juegos?

Detrás de ustedes hay cinco botones con las letras A, B, C, D, E. Si oprimen la letra correcta, el bote vendrá a recogerlos. Pero no pueden equivocarse. Y no les recomiendo que naden aquí: no es agua sino ácido.

Pedro mira los nombres de los juegos otra vez, atentamente. Luego dice la respuesta, la cual es sencilla.

—Uno no debe apartarse de la pregunta. Hay que analizarla detalladamente —comenta, y oprime uno de los botones.

Con un suave zumbido, el bote se pone en movimiento. Cuando llega junto a ellos, todos se suben; hay espacio suficiente para los cuatro.

—Bueno, bote, muévete ya —dice Carlos, pero el bote no quiere hacerle el favor.

—En la banca del bote está escrita nuestra siguiente tarea —anuncia Cristina—. Seguro que el bote sólo se pondrá en movimiento después de que la hayamos resuelto.

Cámara 53 : Acertijo 2

Si quieren que el bote se ponga en movimiento, tienen que decir un número. He aquí la pregunta:

¿Hasta cuánto hay que contar para encontrar un número en el cual la primera letra es la m?

En el bote hay varios botones con números del 0 al 9. Si hunden los botones correctos, el bote se pondrá en movimiento. Si se equivocan, se darán un baño de ácido. ¡Ja, ja!

—¡Ja, ja, eso tendrá que verse! —replica el profesor Gutiérrez. Luego, mirando a su hija, le dice—: Pati, este acertijo es para ti. Tú eres hábil con los números.

Pati lee con atención la pregunta otra vez y reflexiona. Poco después hunde un número y el bote se pone en movimiento.

—¡Hurra! —grita Carlos—. ¡Bien hecho, hermanita!

—Muy bien hecho, Pati —Pedro y Cristina asienten para manifestar su acuerdo.

El bote se balancea suavemente hasta el otro lado del estanque. Allí se detiene. Ellos amarran la cuerda a un poste y aseguran la embarcación.

—Cuidado con el ácido —advierte Cristina.

—Seguro que eso es mentira de Guasón —dice Pedro, sumergiendo la mano en el agua—. Si realmente fuera ácido, hace rato que el bote se hubiera destruido. Nosotros no somos tan tontos como él piensa. Tendrá que idearse otra cosa.

Cámara 54 : Acertijo 1

Una escalera estrecha los conduce a un pasadizo oscuro.

—Por lo menos no hay otra puerta —comenta Pati.

Vuelven a encender sus linternas, que antes no habían necesitado. Una nueva curva ascendente los lleva hacia la izquierda. Súbitamente, Pedro grita:

—¡Paren!

Ante ellos bosteza un profundo abismo. Contra la roca están apoyadas tres tablas anchas.

Pedro toma una tabla para usarla de puente, y entonces descubre algo escrito en ella.

—Ajá, Guasón ataca de nuevo —murmura.

Ustedes ya conocen el arca de Noé, en el cual todos los animales huyen para salvarse de la inundación. ¿Todos? Bueno, no todos. ¿Cuáles animales no iban en el arca?

En cada una de las tablas que están aquí está escrito el nombre de un animal. Escojan la tabla apropiada y úsenla como puente. Si se equivocan, ¡la tabla se quebrará bajo el peso de uno de ustedes!

Los Gutiérrez se miran atónitos. Carlos se encoge de hombros:

—En el colegio aprendimos que todos los animales iban en el arca —dice.

Pati asiente.

—Pues parece que no —dice Cristina—. Miremos las tablas. Así sabremos cuál animal no iba en el arca.

—¡Ah, claro! Es lógico —dicen Carlos y Pati una vez hecho esto. Toman la tabla apropiada y la ponen a modo de puente sobre el precipicio. Con cuidado, los cuatro cruzan el abismo. La tabla resiste y ellos se alegran de haber llegado al otro extremo sin incidentes.

Cámara 54 : Acertijo 2

El buen ánimo se modifica abruptamente cuando se encuentran con una pesada puerta. En letras grandes, dice en la nota que está colgada de ella:

Dos mujeres explican que aunque no son parientes, ellas son hermanas. ¿Cómo es posible esto?

—¡Yo sé! —dice Cristina, y explica la respuesta a los demás.

—¿Y qué debemos hacer ahora? —pregunta Pedro—. Aquí no hay instrucciones para abrir la puerta.

Carlos sacude la puerta y esta se abre. Del otro lado se lee lo siguiente:

A propósito, esta puerta está abierta. Pero no es mi intención facilitarles la vida. Por eso les preparé otro acertijo y lo puse de este lado.

Un cordialísimo saludo,
Guasón R.

Carlos arranca la nota.

—¡Maldito Guasón! —dice, simplemente—. Pero bueno, sigamos.

Siguen su camino y después de un recodo llegan a una puerta igual a la anterior. Pati se adelanta corriendo e intenta abrirla. Pero esta vez no abre. De nuevo, deben resolver antes un acertijo.

Cámara 54 : Acertijo 3

—Aquí no hay nota ni nada —dice Carlos.

Pero Pati encuentra en el piso una pequeña y vieja billetera. Cuando la abre, descubre un billete muy antiguo, en el cual dice:

El que lo fabrica no dice nada.
El que dice algo no lo fabrica.

El que lo conoce no lo toma.
El que lo toma no lo conoce.

—Parece complicado este acertijo —comenta Pati.

—De momento no se me ocurre cómo resolverlo —responde Pedro—. Apaguemos las linternas mientras pensamos, para ahorrar baterías. Pero voy a dejar la mía encendida —la familia Gutiérrez se sienta en el piso a descansar y a pensar. El profesor Gutiérrez toma la billetera y la revisa otra vez, esperando encontrar una pista escondida. Nada. Está vacía. De repente se da la vuelta, y exclama—: ¡Ya lo tengo! ¡Sabía que tenía que haber una pista! Por eso el acertijo está aquí metido. Ya sé la solución.

—Suena bien —comentan Carlos y Cristina cuando oyen la respuesta.

Pedro, que está sentado en el piso junto a la puerta, ve a su lado una caja de tipografía y una ranura para echar cartas. Con una rápida determinación, toma de la caja las letras co-

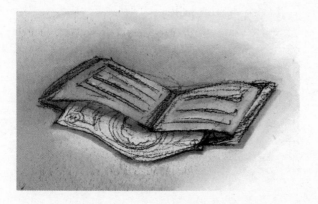

rrespondientes a la respuesta y las arroja por la ranura en la secuencia precisa. Después de un rato, y con un leve silbido, se abre la puerta.

Cámara 55 : Acertijo 1

Al principio no logran ver nada. Pero cuando encienden las linternas notan que están otra vez en el pasadizo en espiral alrededor del pozo central para el transporte de carga.

—¿Terminará algún día este pasadizo? —pregunta Pati.

—Por lo menos vamos hacia arriba, a la salida —la reconforta Pedro.

Después de un par de metros se topan con una gruesa malla metálica que obstruye el paso. A la derecha, en la pared, hay un enorme cuadro de distribución y en este un aviso que dice: "Alta tensión".

—¡Santo Dios! —exclama Cristina—. ¡Esto se está poniendo muy peligroso!

Pedro la tranquiliza:

—Probablemente sólo sea peligroso si tocamos la malla. Así que permanezcan detrás de mí —Pedro estudia el cuadro de distribución y los muchos interruptores—. Hay dos filas de interruptores —comenta— y debajo de cada uno hay una letra; el alfabeto se repite dos veces. Debajo de los interruptores dice:

LQMDRGDSLYD ¿Qué significa esto?
El fluido eléctrico se interrumpirá al contestar la pregunta.

Pati, Carlos y Cristina se acercan cautelosamente y también leen el acertijo.

—No es más que una mezcolanza de letras. No tengo ni la menor idea de lo que significan —dice Carlos.

—Un buen consejo valdría su peso en oro ahora —dice Cristina, pensativa.

Pati la mira con cierta impaciencia:

—Mamá, los refranes nos nos ayudan mucho en este caso.

Pedro la mira:

—¿Qué? ¿Qué acabas de decir? ¡Claro que sí nos ayudan! —él acciona los interruptores de modo que todos ven la respuesta. Sobre el cuadro de distribución brilla ahora una luz verde en lugar de la luz roja—. Ya no hay corriente —dice Pedro, haciendo a un lado la malla y sosteniéndola, de modo que todos puedan pasar.

Cámara 56 : Acertijo 1

Si bien lograron interrumpir la corriente eléctrica, les produce alivio alejarse de la malla de alta tensión. Con sus linternas iluminan el sinuoso pasadizo, que ya les resulta familiar. A la izquierda hay unas ventanitas por donde alcanzan a ver el pozo central.

—¿Crees que antes se usaba este pozo igual que el pozo central del otro lado? —le pregunta Carlos a su padre.

—Sí, supongo que era el gigantesco escondite de una banda de contrabandistas. Hace como cien años había en esta región varias bandas de muy mala fama. La más famosa era La Banda de la Rueda.

—¿Y tú por qué sabes eso?

—¿Lo de la banda? Lo dijo Guasón el año pasado en una presentación que hizo sobre la historia de esta casa.

Pati vuelve a mirar el pozo.

—Seguramente bajaban por aquí las mercancías de contrabando y las almacenaban en las cámaras.

Pedro asiente.

—Y el pasadizo en espiral es, por decirlo así, el camino peatonal alrededor del pozo. Porque en esa época no había ascensor eléctrico, como ahora.

—Lástima —dice Carlos—. De haber sido así, hace rato que habríamos llegado arriba.

—Por eso debemos seguir subiendo a pie —dice Pedro, pasándole el brazo a Cristina sobre los hombros y animándola a continuar. Pati y Carlos los siguen.

De repente, Pedro y Cristina se detienen. El pasadizo se acaba abrutamente. No hay puerta, sólo una pared de tierra y peñascos que obstaculizan el paso. En el techo se observa un agujero y de allí proviene un rugido.

Lentamente se aproxima a ellos un gran cesto de hierro.

—Y tú que pensabas que antes no había ascensores, papá —dice Carlos—. Si no me equi-voco, ahí viene uno. ¿O ustedes qué opinan?

—Parece que sí —responde Pedro—. Pero también podría haber sido construido posteriormente. Aunque en realidad, parece muy viejo.

Todos suben al cesto-ascensor, pero este no se mueve. En el tablero de control leen lo siguiente:

48   56

72 (73) 26   84 (?) 38

¿Qué número va en lugar del signo de interrogación?

Deben oprimir ese número en el tablero de control para que el ascensor se ponga en movimiento.

—Esto se vuelve a poner espinoso —comenta Carlos.

Pedro mira todo sin pronunciar palabra. Luego dice:

—Sí, no será sencillo.

Cristina y Pati leen en voz alta el acertijo otra vez. Pati dice:

—Parece que Guasón se dio cuenta de que somos buenos y nos está poniendo acertijos más difíciles en la subida.

—De ser así, entonces ya deberíamos estar casi arriba. Aunque no tengo ni la menor idea de cómo es la cosa —dice Carlos—. Pati, ¿dividimos el último chocolate?

Pedro se queda mirándolo:

—¡Maravilloso, Carlos! Tu última frase me ha ayudado mucho.

Pedro anota la respuesta del acertijo, busca en el tablero de control los números entre el 0 y el 9 y oprime dos de ellos. El ascensor se pone en movimiento.

—¡Qué bien! —exclama Pati, masticando su chocolate—. ¡Arriba, al último piso, señores y señoras!

Cámara 56 : Acertijo 2

Después de unos cuantos metros el ascensor se detiene otra vez, esta vez junto a una ventana. Si los postigos no estuvieran cerrados, desde allí podrían mirar el pozo. En los postigos está el siguiente acertijo:

¿Cuánta tierra contiene un hueco de dos metros de ancho, dos metros de largo y dos metros de alto?
Oprime el número correcto en el tablero de control del ascensor.

—Otro acertijo para la experta en matemáticas —dice Cristina, mirando a su hija animosamente. Pati frunce el ceño y se vuelve a su padre.

—No creo que sea necesario sumar. Sólo hay pensar un poco.

.Pedro oprime un número en el tablero de control del ascensor.

Cámara 56 : Acertijo 3

—¡Qué perverso es este Guasón! —refunfuña Pati.

El ascensor trastabillea otro piso más y se detiene de nuevo, esta vez a la altura de una ventana por la cual se puede observar el pozo. En el postigo hay un dibujo:

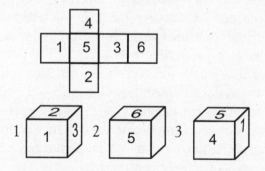

Debajo leen lo siguiente:

¿Cuál dado corresponde a la ilustración de arriba: el dado 1, el dado 2 o el dado 3? Presiona el número correspondiente a la respuesta en el tablero de control y el ascensor se pondrá otra vez en movimiento.

Ellos miran con atención la figura. Y vuelven a mirarla... hasta que Cristina señala uno de los dados:

—¡Ese!

Entre todos comprueban la respuesta de Cristina y ella toca el número correspondiente en el tablero de control.

Cámara 56 : Acertijo 4

"Otra vez va a trastabillar", piensa Pati cuando el ascensor vuelve a sacudirse. Pati se agarra con fuerza de Cristina, y Pedro y Carlos se aferran de la reja del ascensor. Cuando creen que va a desbaratarse, se inicia la fase de freno con un fuerte chirrido. Finalmente el ascensor se detiene.

Felices, pero aún con el corazón galopante, se bajan del ascensor. Los Gutiérrez miran alrededor. Es una cámara grande. A la derecha, en un rincón, una escalerita conduce a una puerta. Arriba, en el techo, pequeñas ranuras hacen las veces de ventanas.

—Esto es... ¡luz natural! —exclama Carlos.

Pati corre hacia las ventanas, pero están demasiado arriba.

—¡Puedo ver las nubes! —grita—. ¡Nubes! ¡Son nubes! ¡Estamos arriba! ¡Lo logramos!

De la alegría, ella y Carlos se ponen a dar saltos por toda la habitación.

Cuando se tranquilizan un poco, Pedro les dice:

—No se alegren tan pronto. Estamos arriba, no hay duda, pero no puedo creer que ustedes piensen que la puerta de arriba está abierta. Seguramente Guasón nos tiene preparado algo bien delicado.

En ese momento la puerta se abre con un zumbido. Y en ella aparece.... ¡Guasón!

Carlos quiere echársele encima, pero Pedro lo detiene.

—Tranquilízate, Carlos —le dice también Guasón—. No les voy a hacer nada. Por el contrario, quiero felicitarlos. Es sorprendente lo que han logrado. Sinceramente, jamás pensé que lo conseguirían. ¡Mis felicitaciones! Por lo demás, mi estimado Pedro, aquí tengo algo para usted —Guasón lleva algo escondido en la espalda—: es el Signo de Interrogación de Oro que, en el tumulto... ejem, tomé prestado. Por lo menos fue mío durante un corto tiempo. Pero es obvio que le pertenece a usted. Lo pongo en el piso junto a la puerta. Porque ustedes aún tienen que pasar por aquí. Eso no será fácil, se los aseguro, pero si lo consiguen, encontrarán un largo pasadizo. En la pared hay un cuadro que les ayudará a resolver el acertijo mayor. La solución de ese acertijo les abrirá las puertas a la libertad. Qué sean felices. Y a pesar de todo, mis felicitaciones, una vez más. Estoy seguro de que nos volveremos a ver.

Con estas palabras, Guasón deposita el trofeo en el piso y desaparece por la puerta, que se cierra con un perceptible *clic*.

—¿Y dónde está el acertijo? —pregunta Pedro. Pero Guasón ya se ha ido.

Carlos sube corriendo las escaleras, toma el trofeo y se lo entrega a su padre.

—Por fin es tuyo —dice Cristina, abrazando a su esposo—. ¡Felicitaciones!

Pedro agradece sus palabras y mira el trofeo. En la base está la siguiente inscripción:

Termino cabeza arriba,
empiezo cabeza abajo,
y tan sólo preguntar
es mi trabajo.
La respuesta abrirá la puerta.

—¡Uf! —Pedro se seca el sudor de la frente—. Ya llegamos hasta aquí y ahora tenemos que encontrar la solución final. ¿Quién tiene alguna idea? —Cristina se encoge de hombros. Pati rezonga, Carlos resuella y Pedro se rasca la nariz con el Signo de Interrogación de Oro—. ¡Ajá! —dice de repente—. Cuando uno necesita ayuda, él me mira inmediato...

El profesor les explica la respuesta a los demás.

Cámara 57 : Acertijo 1

Pedro sube las escaleras, pronuncia en voz alta la respuesta y la puerta se abre. Ven el pasadizo largo del cual les habló Guasón. Es el pasadizo del puente sobre el río Pesquisa, que conduce a la salida en la otra orilla del río.

Ventanas de ranura en las paredes dejan entrar suficiente luz, de modo que no requieren otras fuentes de iluminación. Sin embargo, los exploradores no sueltan sus linternas.

—No sabemos qué nos tiene preparado Guasón —dice Pedro. Apagan las antorchas y las ponen a un lado. Pedro señala entonces la pared—: Ahí está el cuadro que nos ayudará a resolver el acertijo mayor —dice, y saca la libreta de apuntes con todas las soluciones a los acertijos anteriores—. Bueno, mis queridos, ¡ahora viene el gran conjunto!

Y los Gutiérrez comienzan a trabajar.

El profesor Gutiérrez termina de hacer sus anotaciones.

—Creo que con esto ya tenemos la solución —dice, y así es. A continuación, da a conocer a los demás la respuesta.

—¿Qué? —exclaman Carlos y Pati, consternados—. ¿Esa es la solución? ¿Y para eso nos esforzamos tanto y recorrimos tantas cámaras? ¿Ni siquiera necesitamos todas las respuestas para la gran pregunta?

Pedro asiente:

—¿Y eso qué importa? Tuvimos que resolver todos los acertijos. Además, hasta ahora no sabíamos cuáles respuestas íbamos a necesitar. Ahora me resultan claras muchas de las alusiones anteriores. Piensen no más en la primera parte del laberinto, cuando bajamos. ¡Qué forma tenía! Y piensen en el nombre de la banda de los contrabandistas: La Banda de la Rueda.

Pati y Carlos miran a su padre:

—¿Y eso qué?

Pedro se ríe.

—¿Ustedes saben qué es un anagrama?

Cristina lo interrumpe y tranquiliza a sus hijos:

—Lo principal es que resolvimos el acertijo mayor. ¿Quién de nosotros lo hubiera creído al principio? No pensábamos que lo conseguiríamos. Y ahora queremos salir de una vez por todas de este laberinto. ¿No es así?

Los Gutiérrez avanzan hasta el final del pasadizo.

—Este debe de ser el pasadizo que conduce de una orilla del río a la otra —dice Pedro—. Seguramente los contrabandistas podían escaparse de los guardias por aquí. Y seguro que los guardias no conocían este pasaje.

Al final del pasadizo encuentran un portal de madera ancho y alto, que está circundado por una rueda de madera también grande y fuerte.

—¡Es igual al dibujo que vimos afuera del despacho de aduanas! —exclama Carlos.

—¡Exactamente! —confirma Pati—. Y aquí adentro también lo hemos visto.

Pedro mira la puerta con detenimiento.

—Al menos de algo sí estoy completamente seguro: esta es la puerta que conduce afuera. Después de haber encontrado la solución al acertijo mayor, no deberíamos tener más dificultades. Miremos la rueda.

La cruz que divide la rueda en cuatro partes está adornada con tallas de madera. Se aprecian en ella escenas cotidianas: niños jugando; mujeres y hombres trabajando; gente descansando; y un cementerio en el último sector. En el punto donde las dos vigas se cruzan, hay una ruedita de madera.

Pedro intenta hacerla girar. Al principio es difícil, pero después se deja mover más fácilmente. Cuando ya no es posible darle más vueltas, Pedro la suelta y espera.

—¡Observen! —exclama Cristina—. Allí hay una inscripción.

En efecto, en el primer sector de la rueda hay dos palabras, otra en el segundo sector, una más en el tercero y otra en el cuarto.

—¡Es nuestra respuesta! —exclaman Pati y Carlos.

—¡Correcto! —dice Pedro—. ¡Es nuestra respuesta! Mis queridos, podemos sentirnos orgullosos: ¡lo conseguimos!

Y en ese momento también comienza a girar la rueda grande. Lentamente, muy lentamente, el portal se abre al mismo tiempo. Por fin están afuera. ¡Libres!

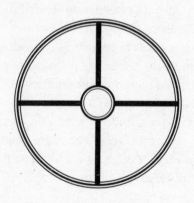

Así pues, esta es la aventura de la familia Gutiérrez. Ya les habíamos dicho que iba a ser muy emocionante. Pues bien, los Gutiérrez resolvieron todos los acertijos. ¿Y ustedes? Si todavía no han resuelto algunos, eso no importa. Primero, ellos eran cuatro. Y segundo, el profesor Gutiérrez es algo así como un campeón mundial en la resolución de acertijos.

Pero antes de que ustedes se rindan, miren las respuestas que están en la parte de atrás de este libro; queremos ayudarles todavía un poquito más. ¿De acuerdo?

Pistas para resolver los acertijos

(Aclaración: 1.1. significa cámara 1, acertijo 1)

Atención, queridos amigos de los acertijos: estas no son las respuestas, sino una serie de pistas preliminares para ayudarles a resolver los acertijos.

1.0. ¿Cómo pueden saber qué planta aromática le gusta al tenista Goran Ivanisevic? Es muy sencillo, lean el apellido del tenista lentamente. ¿Ya captaron?

1.1. Igual que en el caso anterior, hay que leer cada sílaba en esta frase bien despacio, así: En-tre-el-cla-vel-blan-co-y-la-ro... Eso les dará la respuesta.

2.1. ¿Cuál es el dios supremo de la mitología griega? ¿Ya leyeron las leyendas griegas, o todavía no? Si no las han leído, pregúntenle a alguien. Cuando tengan el nombre del padre de los dioses, basta darle la vuelta a esa palabra y estarán en África.

3.1. Los comienzos siempre son fáciles. Prueben con las letras iniciales de estas palabras.

4.1. Nada es nada. ¿Cómo se escribe "nada" en matemáticas? La solución al acertijo es el nombre de un poeta romano. ¿Cómo escribía el poeta en su época el número 6? Él no escribía 6 sino… ¿Y cómo se escribe 500 en números romanos? Escriban estos números uno después del otro, y así sabrán de qué poeta se trata.

5.1. Aquí hay que mirar y sumar. En la segunda fila de abajo hacia arriba, bien a la izquierda, está el número 8. La suma de los dos números que están debajo de ese número debe dar 8 como resultado. Ya está escrito un 2 allí, así que falta el número… ¡Correcto! Sigan así y pronto obtendrán el número que abre la puerta.

6.1. Otro acertijo con números romanos. ¿Cómo se escribe en números romanos 1.090? M equivale a 1.000, ¿recuerdan? ¿Y cómo se escribe 90? ¿Ya tienen la respuesta? Ahora piensen qué vocales pueden incluir entre estos números romanos para obtener el nombre de un país en América Latina.

7.1. Los caballeros de la Mesa Redonda también buscaron este mágico recipiente. ¿Nunca han oído hablar de él? ¡Entonces pregunten!

8.1. Se trata del rey xx y los caballeros de la Mesa Redonda. Obviamente el nombre del rey no es xx sino…

8.2. ¿Qué ciudad, escrita al revés, da placer (la llaman la Ciudad del Amor)? Si su respuesta es correcta, el nombre de esa ciudad escrito al derecho es también la cuna de la cristiandad.

9.1. Si en la antigua Roma hubieran existido los fósforos, el poeta del acertijo 4.1. habría escrito con ellos el número 1.000 de ese modo.

10.1. Lean despacio. ¿Cuál es la primera letra? ¿Y cuál signo sigue a continuación, matemáticamente hablando? Ahora sólo hace falta una letra…

11.1. Los códigos secretos existen desde hace mucho tiempo. Con frecuencia, dos alfabetos se escribían en dos hojas diferentes y se superponían una sobre la otra; luego, una de ellas se desplazaba unos cuantos espacios. El destinatario del mensaje debía saber cuántos espacios se había desplazado. Aquí, ustedes lo sabrán de inmediato.

12.1. Este acertijo es difícil. El mismo Stefan no pudo responderlo de inmediato. ¿Y cómo lo consiguió? Le preguntó a Chris. Chris sabía que "cuatro" en griego es "tetra". Con eso ya les dijimos mucho. El final de la palabra es sencillo.

13.1. Que no cunda el pánico. Este acertijo es muy sencillo.

13.2. No se precipiten y piensen con calma de qué otro modo es posible leer estas curiosas palabras.

14.1. ¿No saben? Entonces consulten un diccionario…

15.1. Cristina comenta que el acertijo es macabro. Aunque Guasón no quiere que los Gutiérrez logren resolver este acertijo, le va a tocar *enterrar* sus deseos.

16.1. Intenten juntar las sílabas de otra manera. Pueden introducir comas en la nueva frase para hacer más evidente el sentido.

17.1. Hay algo que es imposible vencer cuando se nos comienzan a cerrar los ojos. ¿Cómo se llama esto?

18.1. ¿Qué animal va caminando? Lean con mucho cuidado esta frase…

19.1. ¿El arca es de Moisés?

20.1. ¿De cuántos elementos consta una docena? Recuerden que una docena siempre consta del mismo número de elementos, no interesa de qué clase.

21.1. Tienen que leer las sílabas como si se estuvieran meciendo: de izquierda a derecha, de izquierda a derecha, de izquierda a derecha…

21.2. ¿Esto está en chino? De ninguna manera: ¡es loñapse!

22.1. ¿En qué dirección se desplaza el Sol?

22.2. ¡Oh! Otro acertijo matemático. Sin embargo, es muy sencillo. Por lo demás, la respuesta corresponde al resultado de la siguiente operación matemática: 3.586.374 –3.586.327

23.1. Cuidado, esta es una pregunta con trampa. ¿Cuántas viejas *iban* a Villa la Vieja?

24.1. Si pudieron resolver el acertijo 22.2., entonces no tendrán dificultad con este acertijo porque es evidente que saben sumar. Pista: son cinco viajes: de a hasta e, y ya sabemos lo siguiente:
$a + b = 190$; $b + c = 155$; $c + d = 210$; $d + e = 225$.

25.1. Una adivinanza sobre la familia. Lean con atención.

26.1. A los autores les tocó buscar la respuesta en una enciclopedia porque no se trata del monte Everest, como pensaron inicialmente, y como pensó Carlos al mencionar a Edmund Percival Hillary, quien alcanzó su cima acompañado de Tensing. No se trata de una montaña sino de una elevación. Está en el Pacífico y tiene 10.203 metros de altura.

27.1. Otra vez volvemos a los romanos. Pero no tengan miedo, no necesitan saber latín. Miren la frase con atención. Hay algo evidente ahí, ¿cierto?

28.1. Los cuatro elementos son: tierra, agua, aire y fuego. El más largo de ellos es…

29.1. Se trata de imaginar el movimiento del engranaje que aparece en la ilustración al accionar la palanca hacia arriba o hacia abajo. El objetivo es hacer que suene la campana. Quienes no sepan ya cómo hacerlo, deben empezar otra vez desde el comienzo. Bien despacio. Luego lo sabrán.

30.1. Esta pregunta también les costó trabajo a los Gutiérrez, pero luego consultaron una enciclopedia. Buscaron por "continentes" y vieron cómo encajaban antes todos los continentes en un único continente. Si ustedes no se saben la respuesta, pregúntenle a su profesor de Geografía.

31.1. El acertijo 22.1 les ayudará a responder este.

31.2. "A" al principio y "a" al final. Repasen el alfabeto: a, b, c, d, f, g… "Acá", por ejemplo, sirve. ¿Qué otras palabras sirven?

32.1. Pueden descansar. Este no es un acertijo, así que no hay pista.

32.2. Se busca un número que se pueda dividir por 1, 3, 4 (2 x 2), 5 y 7.

32.3. Quienes buscaron antes en la enciclopedia el nombre del antiguo continente ya saben de qué letra se trata. Además, esa letra está repetida 19 veces en estas cuatro líneas.

33.1. Aquí se necesita saber un poco de geografía de España. ¿Cómo se llama esta ciudad, que al mismo tiempo es un puerto?

34.1. Una pequeña pista: tomen una hoja de papel y escriban los nombres y los colores y, ¡listo!, atrapado el ladrón. Si alguno de ustedes no se sabe la respuesta todavía, puede morirse de envidia.

34.2. Busca en un diccionario. Una pista: las palabras más largas comienzan con "des".

35.1. ¿Qué cosa se agranda cuando le sacas tierra y se empequeñece cuando le echas tierra adentro?

36.1. Piensen, dibujen o ensayen con fósforos.

36.2. El río Pesquisa está atravesado de occidente a oriente por un puente. Eso dice al principio de este libro.

37.1. Resuelvan el ejercicio. ¡Paciencia! Aquí va una pequeña pista: José es mayor de 3 y menor de 6.

37.2. Claro, así no funciona la suma. Pedro encuentra la respuesta justo en el momento en que Cristina habla de "ponerse como un palillo". ¿Qué tal ponerle una segunda raya a la suma?

38.1. ¡Uno y uno son dos!

39.1. He aquí una pista: escriban los nombres de los días de la semana y estúdienlos atentamente: ¿Qué letra se repite en las palabras "lunes", "martes", "miércoles", "jueves" y "viernes", que no se repite en "sábado" y "domingo"?

40.1. No hay acertijo, así que tampoco hay pista.

41.1. ¿Cómo se llama ese pez de cuerpo cilíndrico, que parece una serpiente? Si no saben la respuesta, pregunten.

42.1. Pur-gato-rio. ¿Ya saben la respuesta?

42.2. Si en todo es igual a un gato, pero no es un gato, no puede ser otra cosa que una... No les diremos más.

42.3. ¡Cuidado! Es una pregunta capciosa.

43.1. Multipliquen cada número por 2 y eso les dará una buena idea de cómo seguir.

43.2. No necesitan pistas: tomen un atlas o un globo terráqueo y miren la ubicación de estas ciudades.

43.3. Las letras iniciales de los nombres de las ciudades de la respuesta anterior dan como resultado la palabra...

44.1. Esto es para agentes secretos. Es útil escribir todas las letras del alfabeto y numerarlas del 1 al 29. Sumen primero los números correspondientes a dos letras; eso les dará la tercera letra. Y así sucesivamente. No les vamos a decir más.

45.1. Aunque es fuego se apaga, pero no la apagan los bomberos sino una bebida refrescante.

46.1. ¿Cuántos rincones tiene el cajón?

46.2. Miren bien las palabras "minuto" y "momento". ¿Qué letras tienen en común, una vez en "minuto" y dos veces en "momento"? ¿Está esa letra también en "eternidad"?

47.1. Otra pregunta de mitología. Si no han oído hablar de esta leyenda griega, pregunten.

48.1. Volando salieron Dédalo e Ícaro del laberinto de Creta. ¿Qué se necesita para volar?

49.1. Este no es un acertijo sino un trabalenguas. Léanlo rápidamente, sin equivocarse.

49.2. 1) Un señor de apellido Swift escribió sobre este náufrago; 2) Un señor de apellido Defoe escribió sobre este otro náufrago; 3) Es un cuento de hadas; 4) Es otro cuento de hadas. Y ahora seguramente ya pueden contestar cómo empiezan...

49.3. Madrid empieza con m. ¿Con qué letra empieza "termina"?

49.4. Es un ave verde, que puede hablar. ¿Ya saben la respuesta?

50.1. Cuando uno la corta, llora.

50.2. ¿Qué parte del cuerpo humano tiene planta?

50.3. Primero sube el águila, luego la araña, después el ante... ¿Qué tienen en común los nombres de estos animales?

50.4. Si la habitación está completamente oscura, ¿qué alcanza a distinguirse, no obstante los espejos?

51.1. Ustedes sólo tienen dos patas.

51.2. Un verdadero quiebrasesos, que tiene que ver con el alfabeto. He aquí una pista: en la palabra "defecto", por ejemplo, d-e-f son letras contiguas en el alfabeto. Y como ya les dijimos, este acertijo tiene que ver con el alfabeto.

51.3. ¿Qué condición se debe cumplir para ser viuda?

52.1. Miren las letras que están encima y debajo de la raya. Las de debajo son bastante redondeadas, ¿no les parece?

52.2. Este es otro acertijo como el acertijo 1.0 sobre el tenista Goran Ivanisevic.

53.1. Como dice Pedro: miren bien. Por ejemplo, miren bien las letras.

53.2. Pueden contar desde el número 1 y parar cuando lleguen a la letra m. ¡Pero eso sería muy demorado! ¡Así que mejor piensen un poquito!

54.1. Pueden consultar en una enciclopedia los nombres de todos los animales. Pero es más rápido detenerse a pensar...

54.2. ¿Las Hermanas de la Caridad, por ejemplo, son hermanas de sangre?

54.3. Pedro supo la respuesta cuando se puso a pensar por qué el acertijo estaba escrito sobre un billete.

55.1. ¿Ya se dieron cuenta? Es una frase a la que le faltan todas las vocales. Ahora la pregunta es: ¿Cuáles vocales? (Pista: es un refrán.)

56.1. El número que está en el círculo de la izquierda es el resultado de la suma de los números que están por fuera del círculo, divididos primero por 2. Ahora hagan la misma operación a la derecha.

56.2. ¿Qué condición debe cumplir un hueco para ser hueco?

56.3. Para esto no se necesita una pista. Basta mirar con cuidado.

56.4. ¿Qué forma tiene el trofeo que recibió el profesor Gutiérrez? ¡Ahí está la respuesta!

57.1. Ahora necesitan las letras iniciales. Por ejemplo: escriban la primera letra de la respuesta del acertijo 44.1 en la casilla correspondiente a las coordenadas F.2. Continúen haciéndolo hasta llenar todas las casillas. Así tendrán la solución del acertijo mayor.

Respuestas

1.0. El anís.

1.1. Su Majestad es coja.

2.1. Zeus / Suez.

3.1. Sigan derecho (las iniciales de cada sitio).

4.1. OVIDIO (nada es 0; 6 en números romanos es VI; 500 en números romanos es D; 1 en números romanos es I; nada es 0).

5.1. 140

$$140$$
$$67 \quad 73$$
$$31 \quad 36 \quad 37$$
$$14 \quad 17 \quad 19 \quad 18$$
$$8 \quad 6 \quad 11 \quad 8 \quad 10$$
$$6 \quad 2 \quad 4 \quad 7 \quad 1 \quad 9$$

6.1. México: MXC = 1.090

7.1. El Santo Grial.

8.1. Arturo.

8.2. Roma.

9.1. Mil en números romanos se representa con la letra M.

10.1. Deporte.

11.1. RETROCEDAN (cada vez la letra anterior en el alfabeto).

12.1. Tetraedro.

13.1. La quinta ranura a partir de la izquierda.

13.2. Este es el piso de las muchas palabras: Bienvenidos extraños.

14.1. Inteligibilidad, indivisibilidad.

15.1. Ataúd.

16.1. Yo loco, loco, y ella loquita.

17.1. El sueño.

18.1 Vaca.

19.1. Ninguno. Moisés no tenía arca, ¡era Noé!

20.1. Doce. Una docena siempre consta de doce elementos.

21.1. Esta es la dirección equivocada, explorador.

21.2. Te metiste por donde no era.

22.1. A la derecha.

22.2. Después de 47 días.

23.1. Ninguna, porque las viejas no iban a Villa la Vieja sino que venían de allí.

24.1. En el tercer viaje transporta 85 ovejas.

25.1. Los tíos.

26.1. Mauna Kea, en el Pacífico, con 10.203 metros de altura.

27.1. Las letras mayúsculas corresponden al número romano que indica el año del vino: MDCCCI = 1801.

28.1. Tierra.

29.1. Hacia abajo.

30.1. Pangea.

31.1. A la derecha.

31.2. Acá, ajá, ala, ama, asa.

32.1. No es un acertijo.

32.2. Después de 420 días (60 semanas) se sientan los siete señores por primera vez todos juntos a la mesa.

32.3. La letra a.

33.1. Alicante.

34.1. Jasper Green es el ladrón.

34.2. Desvergonzadamente.

35.1. El hoyo.

36.1. El granjero tiene que acomodar las catorce cercas en forma de triángulos de lados iguales.

36.2. El río Pesquisa fluye hacia el norte.

37.1. José tiene 5 años, Juan tiene 7 y Joaquín tiene 11.

37.2. Trazar una raya después del número 23 y sumar da como resultado 91. Si a 91 se le suma 9, el resultado es 100. Así sí funciona la suma.

38.1. Cuatro y cinco son nueve.

39.1. La e.

40.1. No hay acertijo.

41.1. La anguila (el águila).

42.1. La r. El animal es el gato, y la letra que está antes y después de la palabra gato es la r.

42.2. La gata.

42.3. Uno solo, porque otra vez, la cuerda ya no tendría 100 metros de largo.

43.1. 69. Cada resultado es el doble del anterior, primero menos uno, luego más dos.

43.2. Nueva York y Oslo no encajan en la lista. Todas las demás ciudades están aproximadamente en el mismo grado de latitud. Nueva York y Oslo están mucho más al norte.

43.3. N + O (las iniciales de las ciudades de la respuesta anterior) dan como resultado "NO". El profesor Gutiérrez debe oprimir el barrote que dice No.

44.1. Falta la letra l. La suma del lugar que ocupan en el alfabeto las dos primeras letras da como resultado el lugar que ocupa en el alfabeto la tercera letra:

A (posición 1) + C (posición 3) = CH (posición 4, que resulta de sumar 1 + 3).

45.1. La sed.

46.1. Cuatro gatos.

46.2. La letra m.

47.1. Ícaro.

48.1. Con las alas que le construyó Dédalo.

49.1. No es un acertijo.

49.2. GRCB.

49.3. Verdadero: "termina" empieza con t.

49.4. El loro.

50.1. La cebolla.

50.2. Los pies.

50.3. El flamenco no sigue el orden alfabético.

50.4. Ninguna, porque la habitación está totalmente oscura.

51.1. La araña. Las arañas tienen ocho patas, todos los demás animales tienen seis patas.

51.2. Cada una de estas palabras tiene dos letras que van contiguas en el alfabeto: **aba**-nico, **hi**jo, **tu**bería.

51.3. Es imposible, porque el hombre está muerto.

52.1. Encima. Encima están las letras que sólo tienen líneas derechas. Debajo están las letras que también tienen líneas curvas.

52.2. El picaporte número 3 (en-cuen-**tres**).

53.1. La letra e al final.

53.2. Mil.

54.1. Los peces no necesitaban subirse al arca para sobrevivir.

54.2. Son monjas, es decir, hermanas de fe.

54.3. El dinero falso.

55.1. Al que madruga, Dios le ayuda.

56.1. 89. Hay que dividir por dos cada uno de los numeritos que están por fuera del círculo y luego sumarlos.

56.2. Nada. ¡Un hueco siempre está vacío!

56.3. Dado 3.

56.4. El signo de interrogación.

57.1. La solución es esta: La rueda de la vida.